Joachim Berke

Alte Geschichten aus Lingen

Erzählungen

Joachim Berke

Alte Geschichten aus Lingen

Erzählungen

124 Seiten, 17 Abbildungen

Bibliografische Information der

Deutschen Nationalbibliothek

Die Deutsche Nationalbibliothek verzeichnet diese Publikation in der Deutschen Nationalbibliografie; detaillierte bibliografische Daten sind im Internet über http://dnb.d-nb.de abrufbar

Einige Namen handelnden Personen wurden aus datenrechtlichen Gründen verändert.

Lektorat: Markus Rupprecht

Covergestaltung: Foto Gisela

Satz und Layout: Foto Gisela

Herstellung und Verlag:

BoD – Books on Demand, Norderstedt

ISBN 978-3-7322-5387-6

Inhaltsverzeichnis

Vorwort

Rückblickend aus unserer Gegenwart beginnen diese Erzählungen mit dem Ende des Zweiten Weltkrieges. Davon ausgenommen sind die Artikel *Reise nach Lingen im 19. Jahrhundert* und der *Darstellung aus dem Jahr 2000.* Dieser Zeitraum endet um das Jahr 1970.

Damals empfingen - 1968 - die Repräsentanten der Stadt Lingen den Schauspieler Theo Lingen im historischen Rathaus. Der Mime trug sich während der feierlichen Veranstaltung in das *Goldene Buch* der Stadt ein.

Zu dieser Zeit betrug die Einwohnerzahl 25.000 bis 28.000. Das sind imponierende Zahlen für die positive Entwicklung der Stadt an der Ems. Denn unter dem Datum vom 1.1.1945 finden sich unter der Rubrik Bevölkerungsentwicklung 13.632 Einwohner. Innerhalb von 23 Jahren hatte sich die Menge der Einwohner fast verdoppelt.

Das Amt des Bürgermeisters nahm *Robert Koop* wahr. Als zweiter Vorsteher der Ratsversammlung nach dem Zweiten Weltkrieg war er Nachfolger von *Julius Landzettel*, beide Abgeordnete der CDU. Die Wähler waren jahrelang der Meinung, dass es nur CDU-Mitgliedern gelang, den Bürgermeisterstuhl zu besetzen. Die Christliche Demokratische Union verfügte über eine satte Mehrheit. Durch vorsichtige, aber ausgesprochen hartnäckig verfolgte Politik nahm das Gemeinwesen eine gute, erfolgreiche Entwicklung.

Nach dem verheerenden Krieg mit harten Kämpfen im Lingener Raum mussten von der Stadtverwaltung kaum vorstellbare Schwie-

rigkeiten gemeistert werden. Hier fasst die Broschüre *1000 Jahre Lingen (Ems) 975 -1975* kurz zusammen:
„Aufgrund einer Anordnung der Militärregierung vom 27. April 1945 hatten alle Männer zwischen 18 und 55 Jahren zum Arbeitseinsatz anzutreten. Ihnen fiel die Aufgabe zu, die Ruinen der Stadt zu beseitigen, um mit dem anfallenden Schutt Bombentrichter einzuebnen, sowie Strassen und Fahrwege auszubessern, die durch Panzer während der tagelangen Kämpfe um den Besitz der Stadt Anfang April erheblich beschädigt worden waren.“

Für den durch die erste freie Wahl am 15. September 1946 bestimmten Stadtrat, Bürgermeister wurde *Julius Landzettel*, ergaben sich vielfältige, fast nicht zu bewältigende Probleme. Viele Einwohner hausten in Notunterkünften, in Kellern und baufälligen Baracken. Die Ernährungslage war katastrophal. Die zustehenden Lebensmittel von täglich 1.000 Kalorien pro Person konnten oft nicht zur Verfügung gestellt werden. Eine drastische Verschlechterung trat durch das Hochwasser im Februar 1946 ein. Ems und der Dortmund-Ems-Kanal überfluteten bis zu einer Höhe von 1,50 m Marktplatz, Straßen und Gebäude des gesamten Stadtkerns. Die Versorgung der Bevölkerung mit Nahrungsmitteln musste auf selbst gebauten Flößen notdürftig erfolgen. Zur damaligen Zeit verfügte Lingen über keinerlei Kanalisation, so liefen die Fäkaliengruben über und die verseuchte Brühe schwappte tagelang zwischen den Häusern.

Durch die Währungsreform am 21. Juni 1948 verbesserten sich die Lebensbedingungen in den Westsektoren und damit auch in unserer Stadt.

Das Bundesbahn-Ausbesserungswerk stellte im Jahr 1945 immerhin 1.270, in 1948 sogar 1.780 und 1950 dann 1.440 Arbeitsplätze zur Verfügung. Die Gewerkschaft Erdöl-Raffinerie Emsland wurde 1949 gegründet. Der Aufbau der petrochemischen Anlagen auf einem 150 Hektar großen Gelände und die Produktionsaufnahme im Jahr 1953 brachten erhebliche Steuereinnahmen und erlaubten ein schnelles Wachsen der Geschäftswelt. Schon 1948 wählte die Deutsche Schachtbau - und Tiefbohrgesellschaft mbH, ein Tochterunternehmen der Salzgitter AG, Lingen zu ihrem Stammsitz. Neugründungen, Erweiterungen und Wiederaufbau zahlreicher mittelständischer Unternehmen und des Handwerks, wie die *Lingener Bekleidungswerkstätten LINCRON, Erwin Müller* und andere, boten immer mehr Arbeitsplätze an. Die Aufnahme und Eingliederung der heimatvertriebenen Ostdeutschen erfolgte durch das große Arbeitsangebot zügig und ohne extreme soziale Spannungen.

Schließlich kam im Jahr 1956 die *Panzerbrigade 33* der Bundeswehr nach Lingen und es folgte im Jahr 1958 die *Depotgruppe Nord*. Soldaten und Zivilangestellte mit ihren Familien trugen im erheblichen Maß zum erfolgreichen wirtschaftlichen Aufschwung bei. Am 1. September 1955 erhielt Lingen (Ems) den rechtlichen Status einer *Selbstständigen Stadt* zurück.

Die vorliegende Veröffentlichung will mit ihren Erzählungen amüsante, aber auch problematische Begebenheiten aus den ersten Jahrzehnten nach dem zweiten Weltkrieg dem Leser nahe bringen.

Hier bleibt zahlreichen Zeitzeugen für ihr Mitwirken zu danken.

Joachim Berke im Jahr 2013

Die letzte Zeit im Zweiten Weltkrieg

erzählt von Gisela van Kampen

Am 16. August 1941 war mein erster Schultag. Wir, meine Klassenkameradinnen Annegret, Hannelore, Elisabeth und ich hatten bei einem Fräulein *Gelhaus* Unterricht. Das Gebäude lag hinter der damaligen Post und trug den Namen *Dietrich-Eckert-Schule* und mich nannten, schon seit der Zeit im Kindergarten, alle *Gilla*. Jeden Morgen lief ich von der Wilhelmstraße bis zur großen Kastanie, die noch immer auf der Kreuzung von Klasingstraße, Wilhelmstraße und Waldstraße steht. Von da ging ich bis zum Marktplatz, dann die Marienstraße in Richtung Bahnhof weiter, bis ich vor der Schule war. Ab dem Sommer 44 liefen wir barfuß, im Winter in Holzschuhen, denn es war schon der ***"totale Krieg"*** und alle Sachen zum Anziehen und Lebensmittel gab es nur noch auf Bezugscheine oder Karten. Die Erwachsenen sprachen immer von Zuteilungen.

Ab der zweiten Klasse hatten wir bis zum Kriegsende als Lehrerin Fräulein *Westendorf.* Die Bürgersteige neben den gepflasterten städtischen Straßen waren ohne Steine und hatten nur ein festgestampftes Sandgemisch. Die Waldstraße endete damals bei der Gastwirtschaft *Hummeldorf*, wir nannten das *Klein Tirol,* sie verlief als Sandweg weiter in die Heidelandschaft. Dorthin gingen wir an unseren Wandertagen. Wenn wir ohne Schuhe unterwegs waren, mussten wir darauf achten, nicht in Hundehaufen zu treten. Zum Religionsunterricht liefen wir in die Kirche oder in den Keller der *Kaplanei* an der Bernd-Rosemeyer-Straße. Die Lehrerin Fräulein *Blömecke* erteilte den frommen Unterricht. Am 7. Juni 1942 ging ich zur ersten Heiligen Kommunion.

Ab dem Jahr 1943 spürten wir den Krieg immer mehr. Feindliche Flugzeuge überflogen oft Lingen auf ihrem Weg in das Innere des Deutschen Reiches. Angeschossene Bomber warfen auf ihrem Heimflug ihre restliche, tödliche Fracht ab. Bei Fliegeralarm mussten wir alle schnell in den Keller unter dem Postamt laufen. Wenn Voralarm kam, wetzten wir nach Haus. Bei der Kastanie kam oft schon Vollalarm und ich musste mich schrecklich beeilen, in den ausgebauten Luftschutzkeller bei unserem Nachbarn *ter Balk* zu kommen.

Damals wohnte ich bei meiner Großmutter, meiner lieben Oma. Meine Mutter war im Alter von 23 Jahren am 1. März 1938 verstorben. Mein Vater verunglückte am 18. Juni 1939 tödlich und als mein kleiner Bruder auch noch im Juni 1941 starb, war ich allein auf dieser Welt. Das Amtsgericht bestimmte meinen Onkel, den Herrn *Anton Hinsken,* zum Vormund. Seine Frau *Elisabeth,* meine Tante, aber besonders meine Großmutter, erzogen mich.

Viele Einzelheiten aus den Kriegsjahren habe ich vergessen. 1944 wurde mein Onkel *Willi Janssen* auf seiner Lok zwischen Lingen und Emden von Tieffliegern angeschossen und schwer verwundet. Diese Jabos - Jagdbomber - kamen nun immer öfter. Beliebte Ziele waren der Bahnhof, die Eisenbahnausbesserungswerke und die Bahnstrecke von Rheine bis Norddeich.

In der Familie wurde oft über das *schwarze Schwein* gelacht, das mein Onkel Anton am Ende des Jahres 44 in seinem Dienstauto nach Haus brachte. Er war als Straßenbauinspektor UK gestellt, also unabkömmlich, kontrollierte die Verkehrswege des Kreises Lingen und hatte zu seinen Mitarbeitern gute Kontakte. So wurde auch das erwähnte Schwein für ihn im nördlichen Teil des Kreises fett gefüttert und als er es in seinem DKW über die Kanalbrücke in

Altenlingen fuhr, guckte das liebe Tierchen zum Autofenster heraus! Die Sache ging gut aus, denn kein Mensch hatte diesen Vorfall bemerkt. Obwohl Kontrolleure durch das Land zogen und das Nutzvieh zählten: Geflügel, Kaninchen, Ziegen, Schafe, Schweine, Rinder und Pferde. Schwarzschlachten war bei hoher Strafe verboten!

Schon ab Herbst 1944 nahm der Luftterror zu. Tiefflieger jagten über die Straßen unserer kleinen Stadt und besonders im Bereich der Eisenbahn und der umliegenden Wohnviertel fielen Bomben. Am Ende des Jahres berichteten die Zeitungen und der Drahtfunk vom Näherrücken der Front. Im Februar 1945 schlug eine Brandbombe in den Dachstuhl vom Haus meines Onkels ein. Männer vom nahe gelegenen Zimmereiplatz gelang es, die entstehende Glut zu ersticken.

An der Waldstraße befand sich ein Kriegsgefangenenlager, in dem überwiegend Russen untergebracht waren. Es lag auf dem Gelände der heutigen Stadtwerke. Die Männer streunten immer wieder durch die anliegenden Straßen und bettelten bei uns um Brot.

In dieser Zeit wurde unsere Postschule von Bomben leicht beschädigt. Einzelne Klassen mussten in die Castellschule - nun VHS - bei der Bonifatiuskirche umziehen. Ab Mittwoch vor Ostern fiel der Unterricht aus. Pausenlos hingen nun Jabos über Lingen. Sie terrorisierten die Zivilbevölkerung und versuchten, unsere Truppen zu behindern. Sie machten Jagd auf einzelne Fußgänger. In den letzten Unterrichtstagen kamen die Flieger oft am frühen Morgen, sodass wir manchmal um 9 Uhr schon wieder zurück in unseren Häusern waren.

Am Nachmittag des Ostermontages, dem 2. April, waren bei meinem Vormund Anton Hinsken die Herren *Kaplan Kirfel* und Herr *Reinhard* zum Doppelkopfspielen. Der Kaplan musste am frühen Abend blitzartig weg, weil in das Pfarrhaus eine Bombe eingeschlagen war, nur einen Meter neben Pfarrer *Hilling.*

Als ich an diesem Tag, ich war neun Jahre alt, meine drei Puppen in ihren Wagen aus braunlackiertem Sperrholz legte, wusste ich noch nicht, dass ich bald in Lebensgefahr sein würde. Ich packte die blonde *Agathe* mit ihren wasserblauen Augen, *Mohrchen,* mein schwarzes Knuddelpüppchen und *Mäxlein,* das Babypüppchen war wie Mohrchen selbst gebastelt, sorgfältig ein. Oma sagte, ich solle meine Lieblinge zu *Hinsken* bringen, damit sie die nächsten Kriegstage sicherer überstehen würden.

Von der Wohnung meiner Oma in der *Wilhelmstraße* bis zu meinen Verwandten *An der Wilhelmshöhe* waren es ungefähr hundert Meter. Als ich schon im Garten meiner Tante war, hörte ich das Flugzeug. Zwischen den Baumspitzen der Wilhelmshöhe flog der Jabo auf mich zu. Zwei Männer, sehr klein, sah ich darin sitzen. Neben mir spritzte Erde hoch. Mein Puppenwagen wurde aus meinen Kinderhänden geschleudert und landete im Beet neben dem Weg. Hinter mir, in den Birnbaum, schlugen Kugeln ein. Ich warf mich auf die Erde und kroch auf allen Vieren unter einen Stachelbeerbusch. Mein rechtes Bein blutete. Ich hatte Angst, dass der Flieger wiederkommen würde. Zu meinen Puppen konnte ich nicht kriechen. Ich weinte. Nach einer guten Stunde zog mich meine Tante hinter dem Strauch hervor. In meinem Bein steckten Splitter vom Baum. Als auch mein Puppenwagen gerettet war, stellte ich voller Entsetzen fest, dass Agathes Kopf fehlte, er war einfach abgeschossen worden. Aus dem Bauch von Mohrchen quoll Holzwolle. Das schwarze Püppchen hatte einen Streifschuss abbekommen. Am

Abend humpelte ich zu meiner Oma zurück. Ich war sehr traurig und kann dieses Erlebnis bis heute nicht vergessen.

Am nächsten Morgen heulten die Sirenen der Stadt, der Feind näherte sich, doch wurde er durch die gesprengten Brücken und den Widerstand unserer Soldaten vorerst aufgehalten. Es war viel Unruhe in der Stadt, die Bevölkerung zog in die Wälder und in die ringsum liegenden Bauernschaften. Familie Hinsken blieb im Haus und wir versammeln uns dort. Am Abend wurde es etwas eng, denn inzwischen waren meine Oma, Tante Lisbeth, Onkel Anton, meine Cousine Anneliese, Tante Änne van Kampen, Frau Thomas mit zwei Kindern, das Ehepaar Klumparendt und ich im Haus.

Als wir alle in der Küche zu Abend aßen, gab es einen ungeheuren Knall. Wir erschraken furchtbar. Die Kanalbrücke in Altenlingen war von deutschen Pionieren in die Luft gejagt worden. Die alliierten Truppen standen schon in Schepsdorf auf der linken Seite der Ems. Mein Onkel Anton jagte uns alle in den Keller, er selbst ging aber noch einmal in die Stadt um die Lage zu prüfen. Als er wieder bei uns war, erzählte er sichtlich erschüttert davon, dass in einigen Fenstern schon weiße Fahnen hingen. Auf meine Frage erklärte er mir, dass dies das Zeichen für eine Kapitulation sei, so, als wenn man die Hände hebt bei der Gefangennahme, damit der Gegner sieht, dass man keine Waffen hat.

Unsere Verwandten und Nachbarn gingen nicht mit in den Keller, sie flüchteten in den ehemaligen Schießstand der Wilhelmshöhe. Wo heutzutage das städtische Theater ist, lagerte ein großer Trupp deutscher Soldaten. Am Abend setzte ab 23 Uhr starker Artilleriebeschuss ein, der bis zum nächsten Morgen anhielt. Anton sagte, es wäre schwerster Beschuss, eine Steigerung würde Trommelfeuer bedeuten.

Am Mittwoch Morgen war nur noch Heulen und Zittern und Beten bei uns im Keller. Wir standen Todesängste aus, fast verzweifelten wir. Gegen Mittag rumpelten die ersten feindlichen Panzer über die Meppener Straße in Richtung Marktplatz. Die Soldaten vom Lagerplatz des heutigen Theaters ergaben sich. Sie zogen am Haus vorbei und gaben meinem Onkel kleine Zettel mit Namen und Anschriften, damit er ihren Familien schreiben konnte.

Der deutsche Widerstand wurde im östlichen Teil der Stadt immer stärker, die Eroberer kamen nicht weiter, sie zogen sich aus dem Gewirr der Häuser zurück. Soldaten der Flak und ihre blutjungen Helfer, SS, ein Bataillon der Gruppe *Großdeutschland* und Panzereinheiten verteidigten die Stadt. Sie versuchten, verlorene Gebiete zurückzuerobern. Die Alliierten kündeten ein Bombardement an, voller Angst krabbeln wir aus unserem Keller und zogen ebenfalls in den Schießstand, der von den Männern der Organisation Todt gut ausgebaut war. Auch hier war Heulen und Zähneknirschen, alle beteten den Rosenkranz, unsere Angst wurde immer größer, auch deshalb, weil wir uns gegenseitig verrückt machten. Der Thomasjunge, er war um die fünf Jahre alt, stöhnte mehrmals "nun geht die Beterei schon wieder los!"

An diesem Abend und in der folgenden Nacht war die Stadt von der Zivilbevölkerung verlassen. Der angekündigte Bombenangriff fand nicht statt. Am Donnerstag wurde in den Straßen gekämpft. Ein Gegenangriff von SS-Einheiten blieb östlich der Stadt liegen.

Meine Cousine Anneliese, die heutige Frau Koop, war erst am Abend mit dem Handwagen von ihrer Kasernentour zurück. Sie hatte je einen Sack Bandnudeln und Trockenerbsen ergattert. Am Vormittag war das Vorratslager vom Militär für die Verteilung an die Zivilbevölkerung freigegeben worden. Meine Cousine war mit

Mia Fastabend hingelaufen und wir waren alle sehr froh, dass die beiden Frauen unbeschadet zurückgekommen waren!

Bei uns hatte sich die Lage schon etwas beruhigt und unsere Oma ging am Nachmittag nach Haus. Überrascht stellte sie fest, dass fremde Soldaten ihr ganzes Eingewecktes aufaßen. Sie boten Oma einen Stuhl und ein Glas Kompott an und so tafelte meine Großmutter mit den Herren Siegern in ihrer Küche. Die Soldaten plünderten im Haus, fanden nicht viel. Wertvolleres hatten wir schon vor einigen Monaten vergraben, so mussten sie sich mit wenig Beute zufrieden geben.

Inzwischen war der Marktplatz in Flammen aufgegangen. Es brannte, nachdem ein Volltreffer in den großen Riegelbau eingeschlagen war. Ein Gerücht besagte, dass eine Granate in der Wattekammer von der Marktapotheke explodiert sei und alles entzündet habe.

Am Freitag, dem 5. und Samstag, dem 6. April erlahmten die Kampfhandlungen immer mehr. Vereinzelte Widerstandsnester hielten sich in den Eisenbahnausbesserungswerkstätten, in Böhmers Tannen und in östlichen Randgebieten von Lingen. Bei uns stand die ganze Wilhelmstraße voller Fahrzeuge der Eroberer. Die Soldaten hockten auf ihren Panzern oder lümmelten in Jeeps und beschäftigten sich damit, ihre Beute zu sichten. Ketten, Schmuck und Uhren hatten sie mitgenommen. Zu uns Kindern waren sie freundlich und ich erhielt sogar von einem Tommy eine ganze Tafel Schokolade!

In den nächsten Tagen trat eine Ausgangssperre in Kraft. Es durfte sich kein Mensch blicken lassen, die fremden Soldaten hatten Befehl, sofort zu schießen. Die Versorgungslage mit Lebensmitteln war sehr schlecht. Für Babys fehlte es vor allem an Milch und es mussten weite Wege zur Beschaffung dieses Nahrungsmittels zurück gelegt werden. Stundenlang wurde vor allem nach Brot angestanden.

Alle Brücken waren gesprengt, sie lagen im Wasser der Ems und des Kanals. Nur die Brücke in Wachendorf war stehen geblieben und wurde prompt zum Überqueren des Flusses durch die alliierten Truppen genutzt. Viele Häuser waren zerstört, beschädigt, ausgebrannt, es dauerte Wochen, ehe die Lebensumstände sich besserten. Besonders bedrückend waren die Trauerzüge zu den Friedhöfen. Gott sei Dank erfuhr ich erst als junge Frau von der Beerdigung am 7. April 1945. Pfarrer Hilling begleitete allein einen Kohlenwagen, auf dem 15 nur in Tüchern gehüllte Verstorbene lagen. Sie wurden ohne Särge, ohne Begleitung, nur mit den Gebeten von Hochwürden verscharrt.

Ende April bis Anfang Juni erschienen gedruckte Nachrichten als Mitteilungen der Militärregierung. Diese *Nachrichten* enthielten Verordnungen der Alliierten und informierten über Lebensmittelzuteilungen, auch wurden Todesanzeigen veröffentlicht. Die Blätter wurden bei *van Acken* gedruckt.

Geschäfte und Privathäuser waren geplündert worden. Soldaten und Zivilisten, auch Lingener Bürger hatten sich daran beteiligt. Ein Aufruf von den Kanzeln der Kirchen war erfolgreich, denn viel gestohlenes Gut wurde zurück gegeben.

Der Schulunterricht begann wieder nach den Sommerferien im August. Obwohl ich Manches aus dieser Zeit vergessen habe, werde ich immer wieder beim Gang durch Lingen an diese schrecklichen

Tage erinnert. Wir können nur Gott danken, dass wir so viele Jahre des Friedens erleben durften!

Kirchturm St. Bonifatius um 1953

Als Karl mit der Eisenbahn nach Lingen kam

von seinem Onkel aus Emsbüren mitgeteilt

Alle nannten ihn Karlchen, aber eigentlich war sein voller Name Karl-Heinrich. Er war nun 15 Jahre alt und das Arbeitsamt hatte ihm eine Lehrstelle in der Kreisstadt angeboten. Sein Vater hatte ihm den Beruf aufgedrückt. Er sollte Maurer werden. Schon immer hatte sein alter Herr gepredigt *Handwerk hat goldenen Boden und Essen, Trinken, Wohnen und Bekleidung braucht der Mensch immer, ob nun die Zeiten schlecht oder gut sind.* Notgedrungen hatte sich Karlchen für diesen Beruf entschieden, eigentlich wollte er Lokomotivführer werden, aber da war jetzt nach dem Krieg kein Ausbildungsplatz zu bekommen. Sein alter Herr sagte, vielleicht könne er später Meister oder sogar Architekt werden und machte somit seinem Jungen den Maurerberuf schmackhafter.

Nun saß Karlchen im dritten Waggon hinter der Dampflokomotive in der Dritten Klasse fein herausgeputzt für ein Vorstellungsgespräch bei der Firma Bauunternehmen *Lühn* in Lingen. Er kam aus seinem Heimatort Emsbüren. Die nächste Station war Elbergen, hier war ein kurzer Halt, denn es stieg nur ein junges Mädchen aus. Bald hob der Bahnhofsvorsteher von Elbergen, der Herr *Spieker*, seine Kelle und es ging weiter und langsam, sehr langsam zog die Lok ihre zwei Personen- und drei Güterwagen über die Emsbrücke in Haneken. Diese war immer noch nicht vollständig wieder hergestellt, nur eingleisig befahrbar und für viele war es ein Wunder, dass sich die Eisenbahn hinüber traute. Schon nach einer knappen Stunde zog am Abteilfenster ein riesiger Schrotthaufen zerschossener und bombardierter Dampflokomotiven vorbei. Endlich fuhr der Zug in den Bahnhof von Lingen ein.

Jetzt im Februar 1952 schien eine Vorfrühlingssonne durch zarte Schleierwolken von einem blasblauen Himmel, es war kalt. Karlchen stolperte aus seinem Zugabteil, dessen Tür der Lederriemen für das Hoch und Runter des Fensters fehlte. Fast wäre er auf die Nase gefallen, denn er vertrat sich ganz schrecklich, als er ausstieg. Der Bahnsteig war zu tief für den Tritt aus dem Zug, sein rechter Fuß kam unglücklich auf, er knickte um und musste in das Bahnhofsgebäude humpeln. Als er nach draußen kam, Gott sei Dank, hatte der Schmerz nachgelassen, schnupperte er etwas Lingener Luft. Er staunte, hier war alles groß und weit, das hatten sie zu Hause nicht. Viele Leute liefen auf der Straße vor einem weißen, etwas angeschmutzten Gebäude mit einer großen Inschrift HOTEL NAVE. Karl war von der fremden Umgebung ganz überrascht und als er auf die riesige Uhr am Bahnhof schaute, stellte er fest, dass er noch fast zwei Stunden Zeit bis zu seinem Termin hatte. Er beschloss, erst einmal in die Stadt zu gehen. Also überquerte er die Bernd-Rosemeyer-Straße und lief an dem Hotel vorbei. Aus dem Haus quoll weißer Dampf aus offenen Kellerfenstern und eine laute Frauenstimme schien irgendwelche Kommandos zu geben. Später erfuhr er, dass die Küche des Hauses im Keller war und die laute Stimme sicherlich von der Chefin, *Frau Nave*, kam.

Karlchen lief nun entlang eines eisernen Zaunes auf der linken Seite der Marienstraße. Dieses Gitter war auf einem Mauerchen aufgestellt. Bevor er zum großen Postamt kam, ging er an einem Mann vorbei, der auf dem steinernen Wall in der Kälte saß, eigentlich hing. Es war ein altes Männchen, ein Greis, grau im Gesicht, mit einem Schild:

Beide Beine, rechter Arm gelähmt, bitte schön!

Neben ihm stand ein kleiner Bauchladen mit Schnürsenkeln. Der Alte tat ihm leid und so kaufte er ihm ein braunes Bündchen ab. Doppelt so teuer wie im Laden, na ja, war ja als milde Gabe gedacht. Er ging einige Schritte weiter, kniete sich auf den Bürgersteig und fädelte im linken Schuh ein neues Bändchen ein. Es war nötig, doch als er stramm zog, riss das dünne Gespinst, er schaute sich nach dem Alten um, doch der war weg.

Beim Postamt kam ihm ein Herr mit einem Fotoapparat entgegen. Ehe er wusste, was ihm geschah, hob der Unbekannte das Gerät hoch und fotografierte ihn. Karlchen war verblüfft. Auf der Kamera stand ***L e i c a.*** Schon sprach ihn der Fremde an:

„Mein Herr“, Karlchen fühlte sich wegen dem Herrn ganz toll, „soeben habe ich Sie abgelichtet. Hier ist meine Adresse. Sie bekommen von mir ein Bild in Postkartengröße zugeschickt und wenn Sie wollen, auch drei oder mehr! Ich muss ihre Postanschrift haben und bekomme jetzt drei Mark von Ihnen für das erste Bild!“

Karlchen wankte einen Schritt zurück, die Alkoholfahne des Fotografen war einfach zu gewaltig, also drei Mark, das konnte er sich nicht leisten, das bisschen Geld, was er hatte, brauchte er, weil er immer hungrig war. Er sagte das dem Lichtbildkünstler, der wurde wütend, schimpfte und er solle nur ganz schnell verschwinden! Karlchen zog eilig weiter bis zum nächsten Hindernis.

Mit dem Rücken an eine Mauer gelehnt stand ein kräftiger, junger Mann mit einer gelben Binde mit drei schwarzen Punkten am Arm. Bestimmt kriegsblind, schoss es Karl durch den Kopf. Die Augen des Burschen waren von einer Brille mit kohlschwarzen Gläsern verdeckt. Auf einer Gitarre spielte er „Wenn bei Capri die rote Sonne im Meer versinkt“, dazu sang er. Es hörte sich nicht gut an.

Auf dem Bürgersteig hatte er seinen Instrumentenkasten für das Bettelgeld aufgeklappt vor seine Füße gestellt. Karl spendete nichts, er schlich sich vorbei, es war kein Problem, denn der Sänger war ja blind!

Nun stand der zukünftige Lehrling vor dem Reformhaus Kaune. Er bestaunte das Geschäft, wunderte sich etwas über die Holzbaracke, sah, dass die Eingangstreppe sehr ausgetreten war und voll von Eisresten, die eine alte Frau daran hinderten, hinein zu gehen. Von hier konnte er das historische Rathaus und einen Teil des Marktplatzes sehen. An der nächsten Ecke von der Marien- und Lookenstraße war ein Fahrradstand mit sicherlich mehr als 200 Rädern. Aus einer Holzbude, die an die Mauer vom Kaufhaus *CEKA* angebaut war, schaute der Wächter heraus. Gegenüber lockte das Schild BÖRSENHALLE. Darunter konnte sich Karlchen überhaupt nichts vorstellen und so beschloss er, diese Halle zu betreten. Bald stand er in der dämmrigen Schankstube einer Gastwirtschaft. Zigarettenrauch waberte im Raum, einige Männer lümmelten an der Theke, es ging laut zu und schon kam ein dicker Wirt, er wollte wissen, was er für den „Herrn" tun könne. Karlchen hatte Hunger. Er bestellte Steckrübeneintopf mit Fleisch. Preislich konnte er sich das eben noch leisten. Der Dicke schleppte eine dampfende Terrine heran, auch wollte er ihm noch etwas zum Trinken andrehen, doch Karlchen winkte ab und begann den Eintopf zu essen, in dem er vergeblich nach Fleisch suchte.

Dabei las er im *Lingener Volksboten* von der Druckerei *van Acken* den Artikel von der Marienstraße, den ein Herr *Friedrich Hilkenbach* verfasst hatte. Er staunte über die geschilderte Geschichte von Planung und Bau einer geraden Verbindung vom Bahnhof zum Marktplatz, auch darüber, dass die Straße durch ein Haus ging. Hilkenbach hatte aufgeschrieben:

"Der Durchbruch durch das Erdgeschoß des Hauses wurde an den Maurermeister Schmits und dem Zimmermeister J. G. Niebuer für 601 Taler vergeben."
Am Ende des Artikels las Karlchen:
"Am 4. August 1857 weilte König Georg V. von Hannover mit der Königin Marie und der königlichen Familie für einige Stunden in Lingen. Auf Bitten der Stadt genehmigte der König, dass die neu gebaute Straße zu Ehren der Königin MARIENSTRASSE benannt wurde."

Uff, Karlchen hob mit vor Anstrengung rot gewordenen Bäckchen seinen Kopf und schaute noch einmal in die Schüssel mit dem Steckrübeneintopf. Sie war leer. Er war satt, rülpste etwas und winkte den Wirt herbei, denn er wollte zahlen und wissen, wie spät es war. Der Dicke nahm ihm fast sein ganzes Geld ab und als Karl die Uhrzeit hörte, wusste er, dass er seine Verabredung verschlafen hatte. Er traute sich nicht mehr zur Firma Lühn und ging zurück durch die Marienstraße bis zum Bahnhof und fuhr mit dem nächsten Zug nach Emsbüren. Seinen Eltern erzählte er, dass er das Bauunternehmen Lühn nicht gefunden habe, es müsse wohl außerhalb der Stadt liegen.

Sein Vater war sauer, schimpfte und meckerte, meinte sogar, Karlchen sei nur zu faul gewesen und er werde die Sache noch einmal in die Hand nehmen. Sein Schwager war Maurer in Emsbüren, kannte aber die Firma in Lingen sehr gut, da er schon mehrmals für sie gearbeitet hatte. Ihm gelang es, einen neuen Vorstellungstermin für den zukünftigen Lehrling zu bekommen und als Karlchen danach wieder zu Haus auftauchte, war er richtig aufgekratzt. Den Ausbildungsplatz hatte er bekommen.

Am 1. April ging es los und Karl musste nun täglich mit dem Zug nach Lingen fahren, über die Marienstraße, vorbei an dem Mann mit dem Schild, vorbei am Fotografen und vorbei an dem Blinden. Als er im zweiten Lehrjahr war, fand er den Blinden nicht mehr, der Platz war leer. Bei der Arbeit wurde erzählt, der Mann mit der Gitarre sei von einem Polizisten, dem dicken *Luhm*, abgeführt worden. Der Bettler, der Musikant, war nicht blind, er konnte scharf sehen, wie ein Adler, was Augenarzt Doktor *Viefhues* amtlich bestätigte!

Ein weißes Gebäude mit einer großen Inschrift HOTEL NAVE.

Die Feuerwehr kommt

nach einem Bericht aus der Nachbarschaft

Frau *Klapper* stand auf dem Balkon ihrer Eigentumswohnung in den Sandbergen und goss ihre Blumen. Ihre Hausarbeit hatte sie schon beendet und sie fand alles so langweilig. Es war heiß, die Luft waberte zwischen den hohen Häusern. Im Fernsehen waren nur olle Kamellen, das Radio dudelte Schnulzen von Liebeslust und Sehnsucht und nichts, rein gar nichts war los. Ihre Freundinnen, auch alle vom Mittwochskaffeeklatsch, waren in den Ferien, verreist, jetzt mitten im Juli. Nur ihr Alter hatte es wieder einmal verschlafen, früh genug den Urlaub einzureichen. Der wurde auch immer trotteliger! Früher war er noch ein Kerl, Mensch, wie der *Kalle*, wie sie ihn alle nannten, die Tore schießen konnte! Stundenlang konnte der Mann schwimmen, tauchen und erst im Bett! Mein Lieber, der war Superklasse! War schon lange her, die Silberhochzeit hatten sie schon einige Jahre hinter sich. War eine schöne Feier gewesen, damals, dachte *Marlies.* Sie war fertig mit der Gießerei und starrte vom Balkon, nichts war los, nicht einmal die Kinder im Nachbarhaus plärrten. Auch in der Wohnung war es still. Sie zündete sich eine Zigarette an. Den ersten Zug zog sie gierig in die Lunge. *Karl-Heinz* saß in seinem Zimmer am Schreibtisch und kramte in irgendwelchen Papieren. Wenn doch endlich einmal etwas passieren würde, seufzte Marlies, doch heute, an einem Samstag im Juli 1967, war sowieso nur tote Hose.

Weit entfernt hörte sie Sirenengeheul. Irgendwo war wieder ein Unfall, doch das Tatü-Tata kam immer näher. Zwischen den Häusern blitzte Blaulicht auf und da preschte es schon um die Ecke. Gleich zwei Peterwagen bremsten unter dem Balkon von Klapper. Vier Polizisten sprangen aus den Fahrzeugen und rannten zur

nächsten Straßenkreuzung, sperrten diese ab. Noch immer jaulten Sirenen, Notarztauto, Krankenwagen und die Feuerwehr hielten auf dem Platz zwischen den großen Häusern mit den Nummern sechs und acht.
Marlies starrte aus ihrem zweiten Stock nach unten. Mein Gott, was ist nur los?!
"Karl-Heinz komm schnell", rief sie laut und rannte in das Wohnzimmer.
"Mensch, Kalle, komm schon, bei uns ist der Teufel los! Hörst du nicht?"
"Muss erst das Zeug vom Finanzamt wegpacken", murmelte ihr Oller. Marlies war auf den Balkon zurück gerannt.

Wieder jaulten Alarmsirenen, wieder flackerte Blaulicht an Häuserwänden, noch ein Krankenwagen fuhr vor, die Sanitäter rissen die Autotüren auf und warteten nervös neben ihrem Fahrzeug. Zwei Notärzte erzählten sich, auf dem Bürgersteig stehend, den neuesten Tratsch aus dem BONI, dem Bonifatius Krankenhaus. Noch ein Wagen vom heiligen Florian bremste auf dem kleinen Platz. Langsam wurde es eng. Die zuerst eingetroffenen Wehrmänner drehten und schraubten an silbern glänzenden Hähnen. Am Auto, hinten und an den Seiten, schlossen sie Schläuche an. Zwei von ihnen setzten sich Helme und Atemmasken auf. Ein dicker, großer, auch schon mit Kopfschutz, brüllte Kommandos, winkte mit einem leuchtenden Stab in der Gegend umher und half einem anderen Retter, einen *Minimax* auf den Rücken zu zurren.

Es roch nach Brand. Marlies staunte nur. Was war nur los? Bei sich dachte sie: *Hast du Minimax im Haus, bricht bei dir kein Feuer aus, Minimax ist großer Mist, wenn du nicht zu Hause bist!* Wo bleibt nur Kalle? Mit dem Minimax lief das hier aber anders, schoss es ihr durch den Kopf. Marlies war ganz durcheinander, sie meinte schon Rauch zu sehen. Endlich mal eine tolle Sache, Sensation!

Rumms, schon wieder ein dickes Auto, bald wäre es in den zweiten Sanitätswagen reingerauscht, aus ihm sprang der Zeitungsmensch. Blitzte auch gleich durch die Gegend. Ein Notarzt sprach auf ihn ein, drängte ihn weg, Marlies meinte etwas von *"hau ab"* gehört zu haben. Ihre Beine begannen zu zittern, wo ihr Kerl nur steckte. Sie rannte in die Wohnung. Kalle saß inzwischen auf dem Klo, hatte die Tür offen gelassen, damit er alles mitbekommen konnte. Sie begann zu kreischen, schrie ihn an, *"alte Stinksau!"*, warf die Tür zu und rannte wieder auf den Balkon.

Unten dirigierte der Dicke die Saniwagen auf einen Parkplatz. Das große, lange Feuerwehrauto mit der Drehleiter wurde in Stellung gebracht. Mann oh Mann, Marlies war ganz irre, aufgeregt. Rasend pochte ihr Herz, Panik durchzuckte sie, mich trifft gleich der Schlag, war ihr nächster Gedanke.

Zwei, verkleidet mit Gasmasken, auf dem Rücken irgendwelche Behälter mit Schläuchen, stießen die Tür beim Nachbarhaus auf, gingen hinein, waren verschwunden. Jetzt wurde die lange Leiter ausgefahren. Einer von den blauen Männern kletterte auf den höchsten Punkt. Über Funksprech dirigierte er seinen Untersatz bis kurz vor die geschlossenen Jalousien. Dann griff er hinüber, bog die Kunststofflamellen auseinander und starrte von außen durch die Fenster in das Zimmer.

Kalle kam endlich auf den Balkon.
"Hier ist ja was los!", stellte er fest und bot Marlies eine Zigarette an, die schnappte gierig zu, auch er steckte sich eine zwischen die

Lippen. Sein Feuerzeug schnippte, beide begannen zu qualmen, zogen kräftig rein, das Nikotin kroch in ihre Gehirnwindungen.

"Herrschaften, Feuer aus, seid ihr wahnsinnig? Gasalarm, Feueralarm, Explosionsgefahr und die fangen an zu qualmen!"

Wie ein Wilder, inzwischen hatte er ein Megaphon in der Hand, brüllte der Kommandant:
"Hören Sie sofort zu rauchen auf! Lebensgefahr! Gehen Sie in ihre Räume, schließen sie Fenster und Türen!"

Karl-Heinz zog seine Marlies von der Brüstung weg, hinein in das Wohnzimmer. Sie war blass, kalkweiß, ohne Farbe im Gesicht, die linke Hand mit der Zigarette zitterte stark. Ihr Mann nahm ihr den Glimmstängel aus den Fingern. Er legte ihn neben seinen in den Aschenbecher und drückte beide aus. Marlies bekam wieder etwas Farbe.
"Mensch, habe ich mich erschrocken! Der brüllt wie ein Ochse! Mir ist ganz schlecht, eklig, ich rauche nie wieder! Pfui Teufel! Ich mach ein für allemal Schluss mit meiner Qualmerei!"

Auf der Straße wurde es ruhiger. Herr Klapper hörte Autotüren schlagen, Motoren sprangen an, vorsichtig schlich er auf den Balkon. Die ganze Mannschaft rückte ab. Unter ihm stand nur noch der Oberfeuerwehrmann.
"Was ist denn jetzt?" rief Kalle.
"War Fehlalarm!", antwortete der Hauptmann, stieg in sein rotes Auto und brauste davon.

Neue Zähne

Mein Freund Anton erzählte mir unter dem strengsten Siegel der Verschwiegenheit folgende Begebenheit.

Ernst Rohbrink war ohne seine dritten Zähne aus Venedig von einer Geschäftsreise zurückgekommen. Sein Gebiss ruhte nun auf dem Grund des Canale Grande direkt vor dem Markusdom. Der Herr Ingenieur war beim Fotografieren ausgerutscht und versank mit seiner Kamera im Sumpf von Öl, Fäkalien und Wasser. Da Rohbrink, er war erst einigen Wochen in der neuen Firma, in unbekannter Stadt, irgend ein Etwas in seinem Mund haben musste, erkundigte er sich bei dem Kollegen Klaus Schütterich nach einem guten Zahnarzt in Lingen.
„Können Sie mir nicht so einen Zahnklempner empfehlen?"
"Gehen Sie mal zu Doktor Bohrer. Der ist gut, auch nicht zu teuer und er hat eine moderne Praxis."

Klaus wusste, dass dieser Arzt wie ein Loch soff, die höchsten Rechnungen schrieb und fast immer ohne Betäubung arbeitete. Noch kürzlich hatte dieser Doktor seinem Nachbarn derart die rechte Wange durchbohrt, dass dieser einige Tage krank war. Also, genau passend für seinen, ihm unsympathischen Kollegen. Rohbrink nahm die Empfehlung an und nach einigen Stunden betrat er wieder das Büro. Strahlend zeigte er neues Behelf in unansehnlichem Gelb, in Form und Größe an ein Pferdegebiss erinnernd. Er war mit dem Arzt zufrieden und bedankte sich, voll des Lobes, bei Klaus. Nur das dauernde Gequassel des Doktors und dessen neugierige Fragen bemängelte er. Außerdem schwärmte er von einer jungen Sprechstundenhilfe, deren Namen Doris er schon, dank seines Aushilfsgebisses, fast zärtlich aussprechen konnte. Da Doktor Bohrer ihm ein, wie er meinte, preiswertes Angebot für seine neuen Zähne gemacht hatte, wollte er sich von diesem Doktor behandeln lassen.

In den nächsten vier Wochen war er deshalb öfter in der Praxis des Mediziners. Diese befand sich in einem alten Haus, das sich hinter einer hohen Hecke im westlichen Gartenviertel von Lingen versteckte. Seine Begeisterung hielt an, zumal er mit dem Doktor inzwischen die einzelnen Kneipen der Stadt am Dortmund-Ems-Kanal kennen gelernt hatte. Nach mehreren, unterschiedlichen Gipsabdrücken kam endlich die Zeit, in der das Gebiss vom zahntechnischen Labor, dem Dentisten X. Wichmann, geliefert wurde.

Rohbrink eilte an einem Dienstag beschwingt zu seinem Freund. Dieser setzte seinem Patienten das Kunstwerk ein. Es passte nicht so richtig, es drückte hier und quetschte dort. Es war furchtbar eng und presste den Oberkiefer zusammen. Doktor Bohrer probierte immer wieder, feilte an der einen Ecke, raspelte in der Mitte und legte da und dort wieder etwas unter. Nach zwei Stunden war der Arzt überzeugt, dass sein Werk nun in Ordnung sei. Auf die Bemerkung von Rohbrink, dass ihm die ganze Sache nicht so recht zufrieden stelle, meinte der Doktor, er solle mal seine neuen Beißerchen ein paar Tage tragen, die würden sich schon anpassen. Mit der Empfehlung, diese Dritten auch über Nacht im Mund zu lassen und einem netten Lächeln von Doris wurde der Patient verabschiedet.

Pflichtschuldig bewunderte Klaus im Büro das Machwerk. Er riss sich zu der Bemerkung hin, dass diese Zähne wie neu seien und sein Kollege damit phantastisch aussehe. Doch dieser klagte in den folgenden Tagen immer wieder darüber, dass dieser Ersatz ihn noch umbringen würde. Nachts könne er nicht schlafen, er könne kaum etwas zu sich nehmen, und sein Kiefer sei schon ganz wund.

Also ging Rohbrink wieder zu Doktor Bohrer. Nach ungefähr drei Wochen, diesmal an einem Mittwoch, war er um elf Uhr bestellt. Im Wartezimmer des Arztes saßen ein Halberwachsener, zwei jüngere Damen, ein einfacher Mann und eine Frau vom Land, diese unterhielt die Runde. Sie betonte immer wieder, dass sie schon achtundsiebzig sei, neun Kindern das Leben geschenkt und ihr Hinnerk vor sieben Jahren sie hier auf der Erde zurück gelassen habe. Ihr Name war Harms, Mia Harms und ihr Hof, den nun der Älteste besaß, lag weit draußen, abseits an der Ems.

Nach und nach leerte sich der Raum, der Herr Doktor musste einen glücklichen Tag haben, denn er arbeitete zügig. Nach einer halben Stunde erfuhr Ernst von der alten Dame, dass diese vor einigen Wochen ebenfalls neue Zähne erhalten habe. Mit dem Oberkiefer würde es doch gar nicht klappen, zum Essen nähme sie den Ersatz immer heraus, er wackelte so. Es wäre alles viel zu weit. Beim Putzen der Toilette wären die Zähne schon zweimal in die Schüssel gefallen. Früher hätten sie ein Häuschen auf dem Hof gehabt, wenn dort das teuere Stück hineingesaust wäre, oh je, das wäre nicht auszudenken! Nun, heute wollte der Doktor einen allerletzten Versuch machen, das hätte er ihr fest versprochen!

Inzwischen waren im Wartezimmer nur noch Ernst Rohbrink mit den drückenden, kneifenden Dritten und Oma Harms mit dem weiten Wackelgebiss. Wieder öffnete sich die weißlackierte Tür zum Behandlungsraum. Lichtvoll schwebte Doris im weißen Kittel durch den Sonnenstrahl, der die Düsternis des Wartezimmers erhellte, auf die Beiden zu. Sie trug in jeder Hand ein silbern glänzendes Tablett.
"So, Oma Harms, dann legen Sie mal ihre Zähnchen auf diese Schale."

Danach wandte sie sich an Rohbrink: "Und nun Sie."

Vorsichtig entschwand sie im Allerheiligsten. Die Tür wurde nicht geschlossen. So vernahmen die Opfer das Murmeln vom Doktor, ein Zischen, so als ob Wasser durch starken Druck fein zerstäubt wird, und dazwischen das helle Lachen von Doris. Schon nach wenigen Minuten kam sie zurück. Mit einem Lächeln reichte sie die funkelnden Kunstwerke dar. Oma Harms die Zähnchen, die nun saßen; Rohbrink die Beißerchen, die nicht mehr kniffen.

An diesem Tag kam Ernst Rohbrink sehr glücklich vom Arztbesuch zurück. Seinem Kollegen Klaus verschwieg er die Geschichte dieser wundersamen Heilung. Allerdings trank er sein Bier nicht mehr mit dem Zahnarzt Doktor Bohrer.

Nun, inzwischen sind alle Personen verstorben oder nicht mehr in Lingen, so dass ich es wagen konnte, diese Vertauschung aufzuschreiben. Trotzdem sind die Namen der Handelnden anonym wiedergegeben.

Herr, Hund und Fahrrad

Eine Erzählung aus der Freizeit

Es war im Juni des Jahres 1962. Paul und Grete Müller waren mit ihrer Hündin Cora unterwegs. Es war Abend und der Riesenschnauzer musste seinen Auslauf haben. Er brauchte viel Bewegung. Auf dem geteerten Feldweg, der rechts von der Ems in Schepsdorf entlangführt und weiter dann vom Wald begrenzt wird, marschierten sie schnell voran. Fast jeden Abend gingen sie diesen Weg in der Schlipse. Cora lief ohne Leine, oft ein ganzes Stück voraus, drehte dann wieder um und kam zurück. Das Tier war gut erzogen, es gehorchte auf jeden Ruf und Pfiff.

Paule, wie die Müllerin ihren Mann liebevoll nannte, erzählte von seinem neuen Chef, einen Herrn Rudolf Rudner, der als Topmanager den Fertigungsbereich der Firma auf Vordermann bringen sollte. Eigentlich war Paul stinksauer, denn sein *lieber* Chef, der alte Kurt Dombrowsky hatte ihm den Herrn Ingenieur einfach vor die Nase gesetzt. So sprach er nur von RR, erzählte, dass dieser den ganzen Tag gegen sich selbst Schach spiele, der Mann keine Ahnung habe, nur im blauen, abgewetzten Nadelstreifenanzug in der Kantine sitze und dumme Sachen labere. Grete versuchte ihn zu beruhigen. Schließlich könne der Neue ja wohl nicht gleichzeitig Schach im Büro spielen und zur gleichen Zeit in der Kantine hocken. Ihr Mann schluckte nur und knirschte mit den Zähnen. Dann begann er wieder:
"Weißt Du schon das Neueste? Jetzt hat er seinen Hund aus Mainz mitgebracht. Gestern Abend haben wir zusammen ein Damenfahrrad beim Konsum gekauft. Der Köter soll nämlich nebenher laufen. RR wollte ein Damenrad, da käme er schneller runter, wenn er umgerissen würde. Es wäre ein kräftiger Rüde und jetzt halt Dich fest,

auch ein Schnauzer, Riese, Pfeffer-Salz, wäre der Richtige für Cora!"
"Mann, verschon mich nur mit jungen Hunden! Unsere Dame reicht mir schon so!"
"Ist ja gut, ich mein nur mal. Cora, komm her, ja, so ist brav, bist ein liebes Mädchen, los, hol den Stock!"
Paule warf eine dicken Knüppel in die Ems. Sein Hund hinterher, schnell hatte er das Holz in der Schnauze, sprang zu seinem Herrn, schüttelte diesen mit Wasser voll, warf ihm den Stock vor die Füße und begann zu kläffen, damit das Lieblingsspiel fortgesetzt werde.

Grete meckerte, er solle doch aufpassen, jetzt sei die Hose wieder hin, der Hund brauche nicht so verrückt zu spielen und so weiter und so fort und Paule hörte nicht so recht zu, denn die Schimpferei kannte er schon. Nach dem vierten oder fünften Wurf gab die Müllerin die Meckerei auf und er konnte wieder etwas los werden:
"Ich hab dem Rudy Ratlos gesagt, also dem RR, wo wir immer mit Cora laufen. Es kann möglich sein, das er hier mal mit dem Rad auftaucht."
"Um Gottes Willen, dass fehlt mir noch! Die beiden Köter zusammen! Cora wird jetzt läufig, das hast du doch gewusst! Mensch, wenn beide was anstellen, was dann? Dann kannst du die Hundchen großziehen!"
"Ganz ruhig bleiben. Der Rüde heißt Boppo, der hat tolles Blut in seinen Adern. Die Mutter war Marry vom Silberstall, Weltspitze, und der Vater Karry vom Rio Tinto, Weltchampion, ganz große Klasse! Den Rüden hatte man damals nur wegen dem Deckakt von Brasilien einfliegen lassen. Jetzt arbeitet er wieder am Rio Tinto. Ich kann Dir nur sagen: Super-Spitzen-Klasse, beide Eltern, Weltklassenbeste!"
"Mag ja sein", meinte Grete, "aber wir brauchen keine kleinen Jauler. Wir sind auch keine Züchter."

Inzwischen war Cora etwas abgekämpft. Sie wälzte sich auf der Wiese, trabte mehrmals hin und her und bald war ihr Fell trocken, denn der warme Abendwind pustete kräftig ihre Haare durch. Jetzt waren sie am Waldrand angekommen. Hier endete der befestigte Weg. Nur ein schmaler Steig schlängelte sich weiter durch eng stehende Bäume. Die Müllers drehten um, sie begannen ihren Rückweg. Weit entfernt sahen sie einen Radler kommen.

"Mensch da kommen sie ja! Das ist der Rudner, hat seinen Rüden auch mit! Cora, Cora, komm her", brüllte Paul, doch diese gehorchte nicht.

Das Gespann schoss heran. Der Hund, mit langer, blauer Zunge, hechelte neben der rechten Pedale. Sein Herrchen saß bequem im Damensattel. Der Lenker war für Rudy ziemlich hoch, der Sattel wegen kurzer Beinchen tief. Das Gefährt glich einem Easyrider. Cora sprang dem Rüden entgegen, Boppo jaulte vor Freude. Ein kräftiger Ruck, ein starker Riss, der Radler begann zu schwanken. Das Gefährt kippte nach rechts, Rudy sprang ab, die Hundeleine fetzte aus seiner Faust, der Herr Hund sprang hinter seiner Dame her. Das Rad schlug auf, Funken sprühten, es schlitterte auf dem Beton einige Meter weiter. Das Vehikel montierte ab, erst verlor es die rechte Pedale, dann die linke. Das Vorderrad knickte eiförmig platt, die Schutzbleche klapperten laut ab und der Lenker zerbrach. Leise, immer leiser, schepperte die Klingel ihr Todeslied in den Abend. Totalschaden!

Der Ingenieur rappelte sich langsam hoch. Er schrie nach seinem Schnauzer, der mit seiner neuen Freundin im Wald verschwunden war. Voller Wut begann er, auf den Resten des Rades herumzutrampeln. Paule stichelte:
"Steigen Sie immer so ab?"

"Halten Sie doch ihren Mund! Daran ist doch nur ihre lausige Hündin schuld! Macht meinen Rüden verrückt, dieses Weibsstück!"
"Erlauben Sie mal, Herr Rudner", plusterte sich Müller auf, "meine Cora ist kein Weibsstück! Sie können nicht mit einem Hund radeln, Herr Ingenieur, das ist für Sie, viel zu schwer!"

Rudy bekam einen roten Kopf, trat ganz nah an Paule ran, Grete bekam Angst. Der Kleine stellte sich auf die Zehen, streckte die Brust raus, reckte den Hals hoch und brüllte:
"Sie, Sie, Heini, Sie! Was ich kann, weiß ich selbst!"
"Meine Herren, meine Herren", zeterte Grete dazwischen.
Müller stellte fest:
"Unsere Cora ist auch adlig, da brauchen sie mit ihrem Köter nicht so anzugeben. Sie kommt aus gutem Haus, sie heißt *Cora von der blauen Quelle*, Sie Herr, Herr Ingenieur, Sie!"

"Ja wo sind denn die lieben Hundchen?", versuchte Grete zwischen die Streithähne zu kommen. Beide brüllten los, der eine "Cora, Cora, zurück, zum Herrn", der andere "Boppo, Boppo, komm her, du Mistköter".

Beide Tölen waren weg. Herr Müller regte sich wieder auf, also, wenn etwas passieren würde, Boppo die liebe Cora schwängern würde, dann nähme er den Herrn Rudner in die Pflicht! Der könne dann Alimente zahlen! Für jedes der kleinen Würmchen, für jedes! So gehe es eben nicht, einfach herkommen, Jungfrauen überfallen und vielleicht sogar noch schwängern! So nicht, mein Lieber! Grete schämte sich ihres Paule. Sie schaute nach unten, der fremde Herr sollte nicht ihre Röte bemerken. Dieser hatte sich inzwischen von seinem Gegner abgewandt, brüllte immer lauter werdend nach seinem Hund und zog, da dieser nicht kam, eine Hundepfeife aus der

Jackentasche. Er pfiff, das wirkte, fast wie der Blitz schoss Boppo heran. Rudy Ratlos trat auf die Leine, fasste den Rüden am Halsband und verprügelte das arme Tier. Paul schüttelte nur den Kopf, Tierquäler war sein Chef auch noch, das sah ihm ähnlich!

Jetzt kam Cora zurück. Sie drückte sich an Gretes Beine. Frauchen nahm sie an die Leine und verließ schnell die Stätte des Kampfes, ihr Mann folgte.
"Sie hören noch von mir! Morgen schon, Sie Heini!", brüllte Rudy Rudner ihnen nach.

Als sie sich noch einmal umdrehten, sahen sie, wie der Ingenieur die Radelreste mit seinen Füßen in einen Graben stieß. Danach folgte er im Abstand von einigen Metern, immer weiter zurück bleibend, humpelnd den Dreien, der Grete, Cora und dem Paul.

Der alte Hafen

Baden am Wasserfall in Haneken um 1956

Der Bettelschein
Ein persönliches Erlebnis

Gestern war der 13. Juni des Jahres 77. Schon am frühen Morgen ging ich zu meiner Bank, der Oldenburgischen. Vorbei bei der bekannten Schlachterei Richtering am Marktplatz. Dort stand ein junger Mann. Er hatte einen schicken Anorak an. Sein Hut lag vor ihm auf dem Pflaster. Ein Zettel wies auf die Notwendigkeit von Spenden hin. Er spielte Flöte. *Lustig ist das Zigeunerleben* und *Schön ist die Jugendzeit* und *Mein Vater war ein Wandersmann* bekam ich mit. Im Geldinstitut konnte man den Flötenspieler nicht hören. Wände und Türen sind dort zu dick. Der Kontoauszugsdrucker zeigte mir nur Minusbestände. Muss wohl Geld machen, dachte ich.

Bedrückt schlich ich von dannen. Hin, bis zum Flötenspieler, der sang jetzt, kaum verständlich, und wiegte sich dabei in den Hüften. Wäre doch eigentlich auch was für dich, ein schneller Gedanke. Singen kannste nicht und Flöte spielen auch nicht. Aber wenn ich mich auf die Erde hocke, den Hut in das Gesicht ziehe und den Kopf senke, erkennt mich kein Mensch. Den Hut brauch ich ja für das Geld, also, was nun? Eine alte Blechdose tut es sicher auch. Aber, mein Lieber, darf man einfach so betteln? Einfach mir nichts, dir nichts, so rumbetteln? Früher war das eine Schande. Aber heutzutage? Eigentlich sollte ich dem tanzenden, singenden Flötenspieler den Rat geben, er solle es mal mit *ARBEITEN* versuchen, doch das traute ich mich nicht, hatte einfach Angst. Was passiert, wenn der Bettler frech wird?

Ordnungsamt, ja sicher, Ordnungsamt schoss es durch mein Gehirn, die müssen doch wissen, ob man einfach so überall mit der Bettelei Geld machen kann. Dort werden bestimmt auch die Bescheinigungen ausgestellt. Ich marschierte zum Rathaus. Ordnungsamt, fünf Zimmer auf der rechten Seite des langen Ganges. Schildchen neben den braun lackierten Türen, Namen, ein Herr Süss, Waffen und Lebensmittel, Polizeistunde und was weiß ich. Alle Zimmer verschlossen, kein Mensch da, war auch schon Freitag um elf Uhr. Vier oder fünf Räume auf der linken Seite, auch noch Ordnungsamt. Politessen und andere Bezeichnungen an den Türen. Die Parkzettelstrafschreiberinnen waren auch nicht da, schrieben ihre Knöllchen sicher vor dem Postamt. Die Stadt sollte die Damen einfach abschaffen. Die mündigen Bürger würden nicht mehr soviel meckern, auch würden sie wieder in der Innenstadt einkaufen. Parkplätze sind genug da.

Mann, oh Mann, eine Tür ging auf, gehörte auch noch zu den ordnungsamtlichen Angestelltenräumlichkeiten. Ein schlanker Mann trat in den Flur, den Eingang zu seinem Amtszimmer hielt er offen, Fluchtweg! Das war Herr Süss. Ehrlich, ich war ganz verwirrt:
"Da ist ja doch noch Jemand!"
"Natürlich, wir sind doch da. Was wollen Sie denn?"
"Ich möchte gern einen Bettelschein. Gibt es den hier?"
Der Typ guckte ganz verdutzt. Dann platzte es aus ihm raus:
"Was wollen Sie?"
"Einen Schein zum Betteln! Also einen Bettelschein. Ist das denn so schwierig? Was kostet der?"
"Soll wohl ein Witz sein? Sie machen einen Ulk?"
"Sehe ich denn so aus? Ich will wirklich betteln! Meine Rente reicht nicht mehr. Meine Frau hat so viele Wünsche. Sie verstehen."
"Also, da müssen Sie erst einmal ihr Aussehen, ihre Kleidung verändern! Außerdem, Bettelscheine haben wir nicht. Ist mir noch nicht vorgekommen. Vielleicht wissen die auf dem Sozialamt mehr. Also, tschüs, mach jetzt auch Wochenende."
"Nichts für ungut und tschüs, muss ich halt mal sehen, wie ich weiterkomme."

Also trampelte ich die Treppe aus dem dritten Stock hinunter. In der Eingangshalle besann ich mich. Die Dame an der Auskunft wusste vielleicht, wer für Bettelscheine zuständig ist. So begann ich mit der Fragerei:

"Können Sie mir bitte sagen, wo ich hier einen Bettelschein bekomme?"
Pflichteifrig griff die Frau zum Telefon.
"Moment mal", quatschte ich ihr dazwischen, "beim Ordnungsamt brauchen Sie nicht anrufen. Dort war ich schon. Die Leute haben keine Ahnung. Haben noch nie etwas vom Bettelschein gehört. Vielleicht kann mir dieser Herr helfen."

Einer mit Schlips, aber im Hemd mit hochgekrempelten Ärmeln, sah wie ein Macher aus, näherte sich dem Auskunftsschalter. Meine Bettelscheinsuche fand ein neues Opfer:
"Guten Tag, vielleicht können Sie mir helfen. Ich suche das Amt für Bettelscheine. Oder muss ich mich gleich an den Oberstadtdirektor wenden?"
"Bettelschein?", fragend sah der Herr in die Luft. "So etwas brauchen Sie nicht. Betteln kann jeder, hier bei uns, wo er will. Wenn er sich dabei richtig verhält, kann er das immer machen. Nur bei Erregung eines öffentlichen Ärgernisses oder wenn jemand Anstoß nimmt, wird die Polizei kommen."
"So, so, da staune ich ja! Wenn ich mich hier vor das Rathaus stelle, kann ich da auch betteln? Einfach so rausgehen, Hand ausstrecken und um eine milde Gabe bitten?"
"Klar, machen Sie mal! Sie werden ja sehen, was passiert! Ist aber nur mein persönlicher Tipp, keine offizielle Stellungnahme der Stadt."
"Das finde ich toll! Schönen Dank."
Ich verließ den amtlichen Ort und probierte das Betteln nicht. Für meinen Bettlerzettel fehlte mir der Text.

Ein Unfall

Diese unglaubliche Geschichte habe ich von einem Rot-Kreuz-Helfer erfahren.

Im Oktober 68 waren sie seit einer Woche wieder auf ihrem Platz an der Ems in der norddeutschen Tiefebene. Wie immer stand ihr Wohnwagen auf dem Campingplatz der Ems-Badeanstalt in Schepsdorf auf einer hoch gelegen, lichten Stelle. Nicht unter den Bäumen, denn Karl-August hatte die Befürchtung, dass bei Sturm Äste abbrechen könnten oder die zahlreichen Holztauben ihr weißes Schmuckstück voll scheißen würden. Ihr Auto stand unweit von hier im Dorf bei einem Bauern auf der Tenne.

Karl-August hackte Holz. Er arbeitete neben seinem Wohnwagen an Rand zum Wald. Die Sonne glitzerte hell durch das bunte Oktoberlaub und malte Lichtflecke auf die Erde. Foxterrier Nelli schnüffelte nach Mäusen. Karl-August hackte Holz für den Winter. Zu Weihnachten wollten sie wieder hier sein. Erika würde dann im alten Ofen des Bauern ihr Brot backen.

Er arbeitete aufmerksam, ruhig, aber kraftvoll. Rund um den Hauklotz wuchs der Stapel. Besonders schöne, harzige Stücke spaltete Karl-August in schmale Streifen; in *Stiftel*, wie er sie nannte, schnell brennende Späne zum Anmachen des Feuers.

Wieder und wieder hob er sein Beil, ließ es niedersausen, drängte die Schneide in das Weiß des Sägeschnittes. Rechts und links schossen die Teile zu Boden. Wieder so ein schlankes, gerades Stück, wie gemacht für Späne. Seine linke Hand hielt es, in der Rechten schwang er die Axt. Nelli bellte. Die Schneide sauste her-

ab. Sie traf den Daumen von Karl-August. Blut schoss heraus. Er starrte ungläubig auf seine Linke. Er spürte nichts.
"Erika", brüllte er.
Sie kam aus dem Wagen.
"Was ist? Mein Gott, du blutest, was ist los?"
Wortlos zeigte er seine Hand. Erika wurde blass. Sie sprang in ihre Behausung, kam wieder mit einem Taschentuch, wickelte es um die Wunde.
"Wo ist das Teil?"
Er zeigte nur mit dem Kinn, irgendwo zwischen dem Holz, dort, wo Nelli etwas hinunterschluckte. Es wurde schwarz um ihn. Sie fing ihn auf, rüttelte an seinen Schultern, schleppte ihn in den Wohnwagen und setzte ihn auf einen Hocker. Sie holte die Flasche mit dem Fusel. Klaren, reinen Alkohol, immerhin 90 Prozent. Davon goss sie in ein Glas und ein Drittel Wasser dazu.
"Trink!"
Er schluckte das Zeug hinunter, Farbe zog wieder in sein Gesicht. Erika goss nach, wickelte das Tuch vom Daumen, tränkte es mit dem Hochprozentigen und verband den Stumpf neu.
"Ich renn zum Telefon. Rufe den Notarzt. Vielleicht kann er noch was machen! Komme gleich zurück!"

Sie schnappte das Glas, goss den Rest in das Chemieklo, stellte es auf die Spüle und sprang aus dem Fahrzeug.

Auf dem Tisch lag die Schachtel mit *Camel*. Mit der rechten Hand fummelte er eine Zigarette heraus. Klemmte sie zwischen die Lippen, brannte sie mit dem Feuerzug an und stand vom Hocker auf. Er wankte zur Toilette, mit Mühe bekam er seine Hose herunter und setzte sich auf den runden Sitz. Ihm wurde wieder schlecht. Er nahm den Glimmstängel und warf ihn hinter sich. Eine Flamme schlug hoch, er roch verbranntes Fleisch. Karl-August stürzte nach vorn und blieb auf dem Bauch liegen. Erika kam zurück.

"Der Arzt kommt sofort! Um Gotteswillen, was ist jetzt schon wieder? Wie siehst du denn aus? Dein ganzer Po ist verbrannt! Bleib liegen! Da ist schon der Doktor!"
"Hallo, der Daumen ist ab? So, so, aber was ist mit dem Hintern? Sieht ja toll aus! Sie kriegen erst einmal eine Spritze! Liegen bleiben!"
Der Mediziner rannte zu seinem Notarztwagen, rief über Funk die Rettung, kam zurück mit seinem Köfferchen, zog eine Spritze auf und stach sie Karl-August in den Oberschenkel.
"So, das wird erst einmal helfen. Sie bleiben ruhig liegen, bis die Sanitäter hier sind. Für sie, junge Frau, schreibe ich noch die Einweisung in das Krankenhaus, mehr kann ich nicht machen."

Mit Blaulicht und Martinshorn tobte das Rot-Kreuz-Auto heran. Zwei weißgekleidete Männer stürzten heraus, liefen sehr schnell zum Wohnwagen, schnappten Karl-August an Armen und Beinen, schleppten ihn durch die Enge des Wagens und über Stufen hinaus auf den Rasen. Dann legten sie ihn in Bauchlage auf das weiße Linnen der Trage und liefen zum Sanitätswagen.

Karl-August erzählte, wie alles gekommen war. Da lachten beide Träger, laut und kräftig, die Liege begann zu zittern, zu schwingen und schwupps, der Patient fiel auf die Erde.
"Au, ah, ah, es tut so weh", jammerte er. "Mein Bein, mein Bein, was ist mit meinem Bein?"
"Die rechte Haxe ist gebrochen, der Hintern ist verbrannt und vom Daumen fehlt auch ein ganzes Stück", brummelte einer von den zwei Rettern und dann lachten sie wieder!

Feuerstelle im Heuerhaus, LWH, Holthausen-Biene, 1960

Reise nach Lingen im 19. Jahrhundert

Auszugsweise Abschrift aus einer Sammlung
"Das Emsland in alten Reiseberichten"
von Ulf-K. Wullkotte

Mit dem Eintritt des Herbstes hört in Ostfriesland - wahrscheinlich der unfahrbaren Wege halber - alle Postordnung auf. Es gibt keine Diligence[1] nach Lingen mehr, und die so genannten Extraposten sind die schlechtesten unter den vielen schlechten Deutschlands. Sie verdienen diesen Namen gar nicht, denn die Postämter leisten in keiner Weise Garantie dafür. In Weener verlangte ich sogar eine Extrapost bis Meppen oder Lingen. Der Posthalter wies mich an den Wagenmeister und dieser führte mich dann zu ein paar Fuhrleuten, mit denen ich selbst akkordieren[2] musste, so gut ich konnte. Taxen - Preisvorschriften - gibt es hier nicht! Das heißt hier Extrapost!

Die Zahlung ist übrigens extrapostmäßig, denn für einen offenen Leiterwagen, mit zwei elenden Pferdchen bespannt, musste ich nicht nur meilenweise[3] zwei holländische Gulden zahlen, sondern auch meines Fuhrmanns Zechkosten übernehmen. Durch eine etwas teure Erfahrung lernte ich hierbei den Charakter der gemeinen Ostfriesen genau kennen. Es ist unbegreiflich, welch eine Trinklust und welch eine Stärke in dieser Hinsicht sie beseelt. Mein Fuhrmann hat - ohne die geringste Übertreibung - am ersten Tag gewiss anderthalb bis zwei Maas (ca. 2,5 bis 3 Liter) Branntwein getrunken und doch merkte ich erst spät am Abend bei der Ankunft im Wirtshaus, dass er zuviel zu sich genommen hatte. Dafür hatte ich denn freilich, weil er in jeder Schenke zechte, einen ganzen Tag

---

[1] Unter *Diligence* verstand man Schnellpost.
[2] *akkordieren* ist einig werden, also verhandeln
[3] Deutsche Landmeile, auch als preußische Meile bekannt, betrug 7.532,50 m

lang nur vier Meilen zurückgelegt und musste die Nacht in dem kleinen münsterländischen Dorf Langen unter einer Menge von Viehhändlern zubringen, die mit demselben Durst und derselben Stärke zechten, wie mein Fuhrmann.

Die Gemeinschaft dieser Leute war übrigens physiologisch interessant. Wohlstand charakterisierte sich in allen ihren äußerlichen Handlungen, ihrer Kleidung, ihrer Zeche und ich ward häufig vernachlässigt um ihretwillen, vorzüglich keifte die Wirtin oft mit ihrem Mann, der mich zu unterhalten suchte, dass er "nach den Herren sehen sollte." Der Unterschied zwischen den Eigentümern und Knechten war im Äußeren und ihrem gegenseitigen Benehmen zwar sehr sichtbar, doch saßen alle in einem traulichen Kreis um das Herdfeuer versammelt. Das Vieh, ihre merkantilischen Spekulationen und der Ackerbau waren die ersten Gegenstände ihrer Unterhaltung und so lange sie hierbei blieben, redete Bestimmtheit und Kraftgefühl. Später kam man dann auf Erzählungen, die meistens aus Spuk- und Geistergeschichten bestanden und hier äußerte sich ihre Bigotterie und Unaufgeklärtheit in vollem Maße. Jede noch so abenteuerliche Geschichte erhielt ihren Glauben, selbst ihre äußerliche Furcht stieg mit jedem Augenblicke und mein Bemühen, ihnen einige derselben als natürliche und notwendige Erscheinungen zu erklären, hatte ein allgemeines Missfallen und manche fromme zweideutige Bemerkung über mich zu Folge. Sie halten an dem Glauben ihrer Väter fest und wehe dem, der sie belehren will! Man lässt ihn, so wie mich, unter einem: "Führ uns nicht in Versuchung!" oder "Es ist noch nicht aller Tage Abend gekommen!" und "Irret Euch nicht, Gott lässt seiner nicht spotten"!

oder "Die Nacht ist keines Menschen Freund!"[4] und ähnlichen Ausrufen, mit denen sich alle nach und nach entfernten. Allein ließen sie mich sitzen, um nicht angesteckt zu werden.

Selten wird Jemand so glücklich sein, aus diesen Vorurteilen Vergnügen und Nutzen zu ziehen, wodurch ich am anderen Tag für meine Ketzerei einigermaßen entschädigt ward, indem mein Führer das einzige mal seine Schneckenpost in einen Kurierwagen verwandelte, als ich eine Bouteille[5] unter einem Baume erblickte und aussteigen wollte, ihren Inhalt zu untersuchen. Er versicherte, unter gewaltigen Peitschenhieben auf die Pferde, dass der Wald nicht geheuer sei und er lieber seine Pferde tot jagen, als mich absteigen und in den Klauen des *Gott sei bei uns* fallen lassen wolle.
Ersteres geschah jedoch auch nicht, denn erst am zweiten Abend kam ich nach Lingen und hatte also 24 Stunden bedurft, um 16 Stunden weit zu fahren - mit Extrapost!

Und wenn Lingen noch viel kleiner wäre, als es wirklich schon ist, wenn man auch die Erwartung, eine Universität zu sehen ganz aufgeben musste, wie man großenteils muss, so werde ihr doch jeder Reisende zujauchzen, der die niedermünsterschen Heidenflächen so eben zurückgelegt hat. Die Wollust des lachenden Anblicks grüner Wiesen, freundlicher Gärten, fruchttragender Felder, wahrhaftig! Keine Feder malt den Eindruck der reinen Freude über diesen Genus, nach dieser Entbehrung.

Was soll ich sonst von Lingen erzählen? Dieser Eindruck ist das Vorzüglichste, was jeder Reisende mit sich nehmen wird. Merk-

---

[4] So wie die Ostfriesen an allen alten Sitten und Gebräuchen hängen, so strotzen ihre Gespräche von allerlei Sprichwörtern. Bei den reicheren Landleuten habe ich oft eine Sammlung solcher Sprüche auf feinem Papier geschrieben, statt der Kupferstiche, in zierlichen Rahmen an den Wänden gefunden.
[5] Flasche

würdiges, einer Beschreibung wertes weiset die Stadt nicht auf und von der Universität kann man nur sagen, dass hier beinahe so viele Professoren (unter denen es einige treffliche Köpfe gibt) angestellt sind, als es Studenten gibt. Unter ihnen und den Mitgliedern der hiesigen Regierung soll ein angemessener Umgang existieren und es an geselligen Vergnügungen, vorzüglich im Winter, nicht ganz fehlen.

Soweit diese Bobachtungen um die Jahrhundertwende vor zweihundert Jahren. Der Artikel wurde wegen seines Informationsgehaltes trotz seiner umständlichen Sprache übernommen. Hier sind die damaligen Verkehrsverhältnisse, das Leben auf der Straße, einige Sitten der Bevölkerung und der Eindruck von der kleinen Stadt Lingen festgehalten. Zu bedenken ist, dass bis in unsere Zeit das Gebiet durch den Emslandplan entwickelt, die Eisenbahn eingeführt, die Elektrizität überall genutzt und die moderne Kommunikation aufgebaut wurde. Unsere Vorfahren würden sich hier auf Erden bei einem Wiederkommen nicht zurecht finden. Denken wir nur an Auto, Flugzeug, Schiff, an Transport von Waren, an die moderne Landwirtschaft, an Sport und Spiel, an Radio und Fernsehen, an Handy, Internet und Satellit. Der Menschheit hat es in den letzten zweihundert Jahren sehr weit gebracht!

Detail "Alte Posthalterei", Marktplatz

Professorenhaus am Universitätsplatz

Bilder für das Kloster

Aus meiner Lehrzeit

Am 1. April 1949 begann meine Lehrzeit in der Lingener *Drogerie zum Goldenen Becher*. Mein Lehrherr, Herr Curt Wisniewsky, hatte nach der Vertreibung aus Langenbielau in Schlesien sein Geschäft in der Stadt an der Ems wieder eröffnet. Das Ladenlokal befand sich im Eckhaus Am Markt 8, dem jetzigen *Haus der Kivelinge*. Es ist eines der ältesten Gebäude der Stadt. Im dritten Ausbildungsjahr werkelte ich nach kurzer Einarbeitung als Alleinunterhalter in unserem neu eingerichteten Fotolabor an der Gerhardstraße hinter dem großen Gebäude der Käsefabrik Marten. Zu meinen Aufgaben gehörte es, jeden Tag mit dem Fahrrad in das Hauptgeschäft zu fahren, um dort Aufträge abzuholen, aber auch fertige Arbeiten abzugeben. Bei einer dieser Gelegenheiten sprach mich mein Chef an:

"Jochen, hör mal zu. Heute am Montagmorgen waren zwei Studenten im Laden. Sie haben vielleicht einen großen Auftrag für uns. Sie wollen die Schule in Thuine fotografieren. Es sollen Postkarten gemacht werden, also Bilder in der Größe 10x15 Zentimeter. Ich habe ihnen gleich gesagt, das können wir nicht, wir haben kein liniertes Papier zur Verfügung. Sie meinten, so brauche das auch nicht sein, nur die Größe soll stimmen und auf mattem Papier. Sie sprachen davon, dass 400 bis 500 Bilder bestellt werden würden. Allerdings, hier ist der Haken, sie wollen am Dienstag fotografieren und die Bilder schon am Freitag Vormittag abholen. Die Ehrwürdige Mutter von den Franziskanerinnen hat diese Termine vorgegeben. Meinst Du, wir sollen den Auftrag annehmen? Schaffen wir das in der kurzen Zeit?"

Nach sorgfältiger Überlegung stimmte ich zu. Der Alte sagte noch:

"Gut, ich will versuchen den Auftrag zu bekommen. Versprechen kann ich nichts. Die Burschen müssen sich noch die Genehmigung vom Kloster einholen und dann muss noch alles organisiert werden! Vorsichtshalber habe ich die Jungs nach ihrem Studentenausweis gefragt, sie zeigten mir ihren AStA-Mitgliedsschein (Allgemeiner Studierenden Ausschuss). Bin gespannt, ob das was wird!"
"Herr Wisniewsky", antwortete ich, "versuchen Sie die Filme so schnell wie möglich zu bekommen. Je eher, desto besser, je mehr Zeit haben wir. Die fotografieren bestimmt mit einer Rollfilmkamera."
"Nee, das nicht, sie arbeiten mit einer *Contax*, also Kleinbild, du musst dann alles vergrößern!"

Ich dachte an meinen *Veigel Amo Exact,* das Vergrößerungsgerät war schon etwas ausgeleiert, wir hatten es irgendwo gebraucht aufgetrieben und oft schlug das Biest aus, er verteilte dann leichte Stromschläge. Mein Freund Klaus, er wurde Elektriker, meinte, nachdem ich ihm davon erzählt hatte, ich solle mich nicht so anstellen. Strom sei gut gegen Rheuma, das hatte ich trotz der schlechten Zeiten allerdings nicht, denn ich war erst 21 Jahre alt.

Das letzte Wochenende war verregnet, so waren an diesem Montag nur zwei Filme und eine Nachbestellung abgegeben worden. Ich hatte viel Zeit und überlegte in der Gerhardstraße, wie ich den Großauftrag für das Kloster hinkriegen könnte. Als erstes benötigte ich ein größeres Gefäß für das Unterbrecherbad, denn darin konnte ich die entwickelten Bilder für eine kurze Zeit sammeln. Also ging ich zu meiner Chefin, die Familie Wisniewsky wohnte in der gleichen Unterkunft, in der sich das Labor befand, und bat um einen größeren Topf. Als ich der Dame erklärt hatte, was ich damit wollte, sagte sie mir, da komme nur ein Bunzeltopf in Frage, aus Ton also, dem das Essigwasser des Unterbrecherbades nichts ausmache.

Bald stellte sie mir ein derartiges Gefäß in beachtlicher Größe vor die Labortür. Das kleine Fass, es diente sonst zur Sauerkrautherstellung, bugsierte ich rechts vom Vergrößerer auf dem Tisch, etwas seitlich hinter die Entwicklerschale. Mit einigen Bildern probierte ich das Hinüberwerfen, denn es bedurfte einer kleinen Übung, mit der Entwicklerzange das Papiergeschoss zielsicher im Topf landen zu lassen. Bald hatte ich diese Technik heraus und war auch nicht überrascht, als am Abend Inge, die hübsche Tochter des Chefs, mir die Nachricht brachte:

"Die Studenten haben angebissen! Vatel hat auch einen sehr guten Preis gemacht! Morgen, am Dienstag, wollen sie loslegen."

Bei mir dachte ich, sollen sie mal machen, schloss mein kleines Labor ab und fuhr auf dem Geschäftsrad, einem klapprigen Damenradel, an den Brockhauser Weg, wo ich in einem Einraumapartment residierte. Irgendwie schlief ich schlecht, wälzte mich hin und her, überlegte kreuz und quer, ob ich meine kleine Organisation noch verbessern könnte, mir fiel aber nichts mehr ein. Als ich in meinem Halbschlaf an die Stelle mit dem Bilderwerfen kam, prägte ich mir mehrmals ein, nicht die Zange in das Unterbrecherbad sausen zu lassen, denn dann wäre der Entwickler, wenn ich wieder in ihn eintauchen würde, sofort unbrauchbar. Auch durfte anschließend nicht zuviel vom Essigunterbrecher in das Fixierbad gelangen, dessen Wirkung ließe schnell nach. Als ich mich damit tröstete, einfach die Zeit im Fixierbad zu verlängern, schlief ich doch noch ein.

Am Dienstag warteten wir alle vergebens. Alle. Der Chef, Herr Wisniewsky, seine Frau Martha, seine Tochter Inge und meine Wenigkeit, nichts tat sich, still ruhte der See! Wir dachten, das hat wohl nicht geklappt, vielleicht hat die Oberin abgesagt oder die

Jungs haben kalte Füße bekommen. Es folgte eine entspannte, erholsame Nacht. Am Donnerstag hatten sie vier Rollfilme eingesammelt, einer davon war in der Drogerie Goldbach abgegeben worden, unserer direkten Konkurrenz! Dazu kamen noch fünf Nachbestellungen, nicht genügend Arbeit zum Totmachen. Von den Herren Studenten fehlte jede Spur.

Als ich an der Gerhardstraße die Filme entwickelt hatte und diese schon im blitzblanken neuen Trockenschrank flatterten, ich am Kopierer stand und die Nachbestellungen ausarbeitete, es war kurz vor 12, klopfte und rappelte es an der Labortür.

"Jochen, Jochen, machen Sie doch auf! Hallo, aufmachen, ich bring die Filme!"

Um Gottes Willen, Thuine, mir rutschte das Herz in die Hose, das war Inge! Ich rannte zu Tür, da stand sie, kramte in ihrer Umhängetasche rum, hatte so einen Filmwinzling in der Hand und sagte:
"Das ist Nummer 1! Nee, doch nicht, Nummer drei steht drauf, die Studenten haben gesagt, das wäre das Lehrerkollegium, sie sollen das beste Foto nehmen! Hier kommt die 1, es sind die Klassen 1 bis 4 und hier der Letzte mit den Klassen 4 bis 8. Wie gesagt, immer von der besten Aufnahme vergrößern! Hier ist noch der Bestellzettel und sie lassen noch einmal daran erinnern, Freitag 11 Uhr ist der Abholtermin!"

Mir blieb erst einmal die Spucke weg! Verdammt, in der kurzen Zeit, wie sollte ich das nur schaffen? Inge plapperte wieder los:
"Vatel hat gesagt, er würde Ihnen am Abend helfen und er würde bei Muttel etwas zum Essen bestellen. Machen sie sich mal keine Sorgen!"

Danach verschwand die Dame und ich saß mit den Filmen der Thuiner Knabenschule, die heutzutage den Namen *Antoniusschule* trägt, in unserem Fotolabor. Was nützte es? Ich beeilte mich, in das Dunkelteil zu kommen, packte die Filme aus ihren Kassetten, spannte sie auf den Rahmen und hängte das Gestell in den Tank mit dem Entwickler. Sechs Minuten ließ ich die Zelluloidstreifen in der Chemiebrühe, bewegte ab und zu den Rahmen, damit frischer Flüssigkeit an alle Stellen kam, hob danach alles für kurze Zeit in den nächsten Tank. Dieser war nur mit Wasser gefüllt, das mit etwas verschleppten Entwicklerresten angereichet war und dadurch eine leichte Nachentwicklung stattfand. Nach kurzer Zeit trug ich das Gestell in den Fixiertank, um das nicht belichtete Bromsilber herauszulösen. Bevor ich alles in den letzten Behälter hängte, sah ich mir die Kleinbildfilme auf dem Rahmen an. Jetzt waren sie lichtsicher und ich staunte über die ausgezeichnete Qualität der Negative. Abschließend wurde kräftig gewässert und hier sparte ich fünf Minuten, da ich die vorgeschriebene Zeit von einer Viertelstunde einfach abkürzte. Das Trocknen würde 20 Minuten dauern und so hatte ich Zeit, mir den handgeschriebenen Bestellzettel anzusehen.

B E S T E L L U N G

Film I	*Klasse 1*	*33 Vergr.*
Film I	*Klasse 2*	*31 Vergr.*
Film I	*Klasse 3*	*36 Vergr.*
Film I	*Klasse 4*	*29 Vergr.*
Film II	*Klasse 5*	*28 Vergr.*
Film II	*Klasse 6*	*38 Vergr.*
Film II	*Klasse 7*	*36 Vergr.*
Film II	*Klasse 8*	*32 Vergr.*

Film III Lehrerkollegium 300 Vergrößerungen

insgesamt 563 Bilder in der Größe 10X15 cm, MATT

Bitte die einzelnen Klassen getrennt packen und beschriften!

Zwischen jeder Klasse befindet sich eine Aufnahme mit einer Tafel mit Aufschrift zum Beispiel: KLASSE 1 und so weiter.

Jede Klasse wurde 6 x mit veränderter Einstellung fotografiert. Bitte jeweils das beste Negativ verwenden!

Die Aufstellung gefiel mir, klar und deutlich und ich beschloss, sie einfach der Reihe nach abzuarbeiten. Noch machte ich mir über die Mengen keine Gedanken, schaute nach meinen Vorbereitungen, legte mehrere Packungen Fotopapier griffbereit neben mein Gerät, wartete darauf, dass die Filme trockneten. Nach zwanzig Minuten konnte ich beginnen. Vor der Entwicklung hatte ich das belichtete Material entsprechend seiner Reihenfolge an die Klammer 1, 2 und 3 geklemmt. So war eine Verwechslung ausgeschlossen.

Also schnappte ich mir Film 1, schaute kurz auf die Negative, suchte mir die Aufnahen 3, 4 und 5 heraus, sie erschienen mir brauchbar, belichtete jeweils ein Blatt Papier in der Gradation Normal, verwandte für 4 und 5 Spezial, also eine Stufe weicher zum Ausgleich. Nach der Entwicklung und kurzer Fixierung ging ich nach vorn in den ersten Raum mit Licht, schaute mir die Fotos an und entschied mich für die 5 auf Spezial.

Nun begann ich zügig zu arbeiten. Nummer 5 lag im Kopf des *Veigel*, also legte ich Papier in den darunter liegenden Rahmen, schaltete das Licht des Apparates ein, die Einstellung der Schaltuhr unterbrach die Belichtung genau nach 3 Sekunden. Papier raus, ab in die Entwicklerschale, das nächste unter den Halterungsrahmen und wieder Licht an und Abschalten durch die Uhr und ab in den Entwickler. Schnell sammelte sich das Gut in der Schale und bald lagen sechs oder sieben Blatt in der Chemie. Es wurde Zeit, dass ich mich um das zuerst eingelegte Foto kümmerte. Also schob ich mit der Entwicklerzange die oberen im Stadium der Geburt befindlichen zur Seite und siehe, Nummer 1 brauchte noch etwas Zeit, und erst nach einer halben Minute warf ich das Teil in den Bunzeltopf mit dem Essigwasser. In der Zwischenzeit hatte ich weiter belichtet. Ich hatte alle Hände voll zu tun und musste mich mächtig anstrengen, zur richtigen Zeit die richtigen Handgriffe zu machen.

Bald hatte ich die 33 Fotos der Klasse 1 im Unterbrechertopf. Darauf brachte ich alle in das Fixierbad für Positive, das in einer Ecke des Raumes in einem großen Emaillebecken stand. Mit der Hand entnahm ich die Papiere aus dem Essigwasser, ließ sie abtropfen und warf sie in die Fixage. Rührte das Gemisch mit einem großen Kochlöffel um, den ich mir besorgt hatte. Gut ausfixieren dachte ich und so bekam ich mindestens 15 Minuten Zeit. Ich stellte noch den Wecker in der Ecke, damit ich meine Bildchen nicht vergaß.

Inzwischen beschäftigte ich mich mit der Klasse 2 am Belichtungsgerät wie vordem mit der Klasse 1. Beim vierten Blatt Papier schlug der *Veigel Amo Exact* mir kräftig elektrisch auf die Finger, *blödes Schwein,* dachte ich bei mir und machte einfach weiter. Irgendwie schrillte der Wecker ungefähr bei der Belichtung 21 oder 22 von der Klasse 2. Ich erschrak, denn auf meine Sammlung im Fixierbad hatte ich ganz vergessen. Nun musste ich das Aufbelichten unterbrechen, holte alle Bilder in einer Schale aus dem Emaillebottich und marschierte in unseren Trockenraum mit Tageslicht. Die Bilderwässerung war modern und sehr komfortabel, ein so genannter *Fotowäscher* von der Firma Agfa nahm mein Gut auf und als ich das Wasser anstellte, drehte sich die ganze Fracht prächtig im roten Kreis der Plastikwanne.

Darauf ging ich in die Dunkelkammer zurück und arbeitete dort. Nach 20 Minuten unterbrach ich, lief wieder in den Tageslichtraum, nahm meine Bildchen aus dem Wasser und ging zur Trockenmaschine. Auch dieses Gerät war neu und bestand aus mehreren Teilen. Drei verchromte Metallplatten zum Auflegen der Bilder, wahlweise in Hochglanz, Fotoschicht auf das Chrom gelegt, oder in Matt, dann die Papierseite auf das Chrom. Eine Abquetschrolle, sie war mit Hartgummi umlegt und diente zum Abquetschen des Wassers, und das eigentliche Gerät auf Stahlbeinen. Eine elektrische Matte war isoliert in einem leicht gewölbten Metallkörper eingebaut und trocknete die Bilder. Diese Angelegenheit konnte man zweiseitig nutzen, ich legte jeweils eine Chromplatte ein, verschloss alles mit einem Bügel, auf dem ein Trockentuch gespannt war, wendete das Gerät und belegte die zweite Platte. Nachdem ich alles in die Ausgangsstellung zurück drehte, begann es zu zischen, zu brodeln und zu dampfen. Mein Freund Klaus Beuth meinte einmal, es wäre wie bei einer Heißmangel! Also das war alles schön und gut, doch passten auf eine Platte nur 8 Bilder in Postkartengröße. Sie mussten sehr eng gelegt werden und so konnten in einem Durchgang nur 16 Bilder getrocknet werden.

Die ganze Prozedur, angefangen von der Vergrößerung bis zum fertigen Bild, war umständlich, zeitraubend und ich verzweifelte fast, da ich allein davor stand. Als ich meine zwei Bilderplatten im Trockner hatte, schaute ich auf die Uhr, schon halb drei, wie sollte ich nur fertig werden? Auch hatte ich ungeheuren Hunger und opferte daher meine zweitletzte Zigarette, die ich langsam und bedächtig vor der Tür rauchte. Es war meine Mittagpause.

Danach arbeitete ich weiter, bewunderte immer wieder den mir unbekannten Fotografen, der erstklassig gearbeitet hatte. Tolle Schärfe, die Schüler in entsprechender Entfernung vom Schulgebäude in drei Reihen hintereinander aufgebaut. Immer an der selben Stelle, wobei das Gemäuer in leichter Unschärfe im Hintergrund verschwamm. An der rechten Seite in Ordenstracht mit großer, weißer Flügelhaube stand die Klassenlehrerin. Für mich sahen die Schwestern alle gleich aus. Das Motiv wurde immer langweiliger, je länger ich es anstarren musste. Irgendwann hatte ich Klasse 2 geschlossen im Fixierbad schwimmen, da erschien Frau Wisniewsky und brachte mir eine Tasse Tee. Es lag auch ein Stück

Sandkuchen dabei, ein sehr schmales Stückchen. Ich verzehrte alles im Tageslichtraum beim Trocknen der Klasse 1.

So gegen 19 Uhr stampfte mein Lehrherr in das Labor. "Na, wie weit bist du denn?", war seine erste Frage. Was sollte ich antworten? Also sagte ich wahrheitsgemäß:
"Beim Vergrößern der Klasse 4. Klasse 3 liegt im Fixierbad und der erste Schwung von der 2 im Trockner. Es geht leider nicht schneller, bin halt allein. Außerdem fängt die Trockenmaschine zu spinnen an, geht immer an und wieder aus. Muss mal nachsehen."
"Mach das mal später, ich komme dann und helfe dir. Will nur schnell etwas essen."

Der Boss verschwand und ich dachte, das wird nicht viel werden, der alte Herr hat doch bestimmt keine Ahnung mehr vom Bildermachen! Nach einer knappen halben Stunde war er wieder da und brachte sogar einen Teller mit Schnitten und eine Kanne gefüllt mit echtem schwarzen Tee.
"Mach mal Pause und iss etwas. Kann der nächste Schwung aus dem Wasser raus?", kam seine Frage.

Ja, die Wässerungszeit war abgelaufen. Herr Wisniewsky machte dann den Vorschlag, dass er die Arbeiten vom Fixierbad bis zum fertigen Bild übernehme. Ich solle mich mal um das Aufbelichten und Entwickeln kümmern. Natürlich war ich damit einverstanden, denn das bedeutete echte Teilung der Arbeit! Langsam bekam ich immer mehr Respekt von dem Alten. Mein Mitarbeiter ging auch gleich an die Arbeit, krempelte seine Hemdärmel hoch, holte Bilder aus dem Wasser, belegte die dritte Chromplatte, rannte in die DUKA und machte das Fixierbad frei, er arbeitete wie ein junger Kerl. So ab und zu schnaufte er, das war wohl das Alter. Es schien ihm große Freude zu machen.

Inzwischen hatte ich die Butterbrote aufgegessen, den Tee weggeschlappert und ein kleines Bäuerchen unterdrückt und wollte wieder zu meinem *Veigel*. Wummms, plötzlich war das Licht weg, "das ist der Trockner!", war mein Kommentar, sprang zu dem Gerät und zog den Stecker raus. Curtel lief in seine Wohnung, denn unser Strom kam aus dem Privathaushalt, und drückte die Sicherung wieder hinein. So musste ich mich erst um den blöden Trockner der Firma *Kindermann* kümmern. Also alle Bilder auf der oberen Seite mit der Chromplatte heraus nehmen, dann die Abdeckung aufschrauben und, wenn es geht, reparieren. Als ich den Behälter offen hatte, sah ich sofort die Stelle, wo die Strommatte durchgebrannt war. Es musste überbrückt werden. In der Handwerkskiste fand ich aufgewickelt auf einem Holzstöckchen Draht. Mit der Zange kniff ich etwas ab, ließ es vorsichtig auf die unterbrochene Stelle fallen, die Matte war noch heiß, und steckte das Gerätekabel wieder in die Dose. Einschalten! Es klappte, irgendwie schmirgelte es an der Stelle, auch stank es brenzlig, aber die Matte wurde wieder heiß. Dann trennte ich noch einmal die Verbindung, klappte die Abdeckung wieder zu, ließ aber gleich die Schrauben weg, denn ich war sicher, dass dieses Missgeschick noch mehrmals passieren würde.

Wieder war eine Viertelstunde verloren, doch mein Boss meckerte nicht, sondern arbeitete weiter am Wasserbehälter. In der Dunkelkammer war schlechte Luft, das Fixierbad gaste in seiner Ecke, der Veigel warf Hitze in den Raum und ich roch sicherlich auch nicht besonders gut. Dafür lief die Arbeit nun sehr schnell und es mag wohl kurz nach 22 Uhr gewesen sein, als ich das letzte Bild der Klasse 8 aus dem Entwickler warf. Uff, soweit waren wir! Vom Herrn Wisniewsky sah ich nur ab zu etwas, immer dann, wenn er das Fixierbad leerte und ich muss sagen, er ließ mich in Ruhe arbeiten.

Die Aufnahme des Lehrerkollegiums behandelte ich wie die vorhergegangenen, also immer erst drei Proben und dann in die Vollen. Hier allerdings entschied ich mich für ein zarteres Negativ und damit für die Papiergradation Normal, denn von Spezial hatte ich nur noch ein paar Blatt zur Verfügung. Das Motiv machte mich richtig schwindelig, acht Klassenlehrerinnen, zusätzlich Fachnonnen für Chemie, Musik, Geschichte, die Ehrwürdige Mutter, dann die Schulleiterin, alle in der Tracht, weiße Flügelhaube neben weißer Flügelhaube, dicht an dicht, in einer Reihe, nur rechts außen ein Mann, schwarz im schwarzen Anzug mit umgedrehtem Kragen, der Pater für die Religion. In meiner Chemie, im Entwickler, im Unterbrecher und im Fixierbad schwammen nur diese Hauben, Hauben über Hauben. Nach den ersten hundert konnte ich sie nicht mehr sehen, ich raus, Pause machen, einen Schluck trinken, eine Zigarette anstecken.

"Lass mal brennen!" Curtel neben mir begann eine Zigarre zu paffen! Langsam wurde es dunkler, der Abend verdämmerte, die Nacht senkte sich herab und ich eilte in meine Duka und riss das kleine Fenster, ein Oberlicht, auf, damit Luft in die Bude kam. Es war dunkel genug und Gott sei Dank hatte mein Chef erst jetzt mit der Raucherei begonnen, denn es stank erbärmlich, wenn sein Qualm sich mit dem Dunst des Fixierbades mischte! Bis Mitternacht musste ich noch zweimal den Kindermann Trockner reparieren und wir beide schimpften gemeinsam über diesen Murks der Fotogerätefirma. Gegen zwei Uhr hatte ich den letzten Schwung der 300 Bilder *Kollegium* fertig. Der letzte Rest lag im Fixierbecken. Im Tageslichtraum meckerte mein Boss herum:

"Scheißgerät, das gibt eine dicke Reklamation an die Kindermänner, die Bilder werden nicht mehr trocken! Also ich nehme alle mit, die hier auf die Trocknung warten, leg mich auf das Ohr, kannst jetzt allein weiter machen, ist ja nicht mehr viel!"
Natürlich bekam ich große Augen und fragte:
"Wie wollen sie denn die Fotos trocken bekommen?"
"Mal sehen, muss probieren, Handtuch, Herd oder Fön, mal sehen" und mit "Gute Nacht" verschwand er.

Natürlich war ich hundemüde und hätte mich auch gern in ein Bett gelegt! Was half es, der Trockner dampfte vor sich hin, Wässerung und Fixierer mussten weiter bedient werden, die Zeit kroch in der Nacht weiter. Jetzt, Anfang Juni, begann der Morgen schon um halb drei, es dämmerte und ein Vöglein im alten Baum des Hofes zwischen der Gerhardstrasse und der Käsefabrik Marthen begrüßte den neuen Tag. Die restlichen Haubenbilder lagen in der Wässerung und zwischen jedem Trockendurchgang hatte ich voller Sorge immer wieder nach meiner Elektromatte gesehen. Wäre jetzt der Strom ausgefallen, hätte ich nicht weiter gewusst, denn ich traute mich sicher nicht, an der Privattür zu schellen.

Gegen sechs Uhr erschien Herr Wisniewsky wieder. Er sah alt, grau und müde aus, er war nicht rasiert, sein Hemd hing ihm an einer Seite aus der Hose.
"Ablösung! Geh rüber in die Wohnung, hau dich auf das Sofa, kannst pennen, ich weck dich dann!"

Na, das war doch was! Ich ging, na ja torkelte eher nach drüben, die Haustür stand auf, im Flur lagen Bilder, Nonnenbilder, Haube neben Haube, drei, vier fünfzig, sechzig Stück in Reih und Glied, nur mittig einen schmalen Gang lassend. Weiter dann im Wohnzimmer, alles voller Fotos, Knaben und Nonnen, alles durcheinander, ich schlenkerte hindurch, auf dem Sofa lag Bettwäsche. Hinein und weg war ich.

"Jochen, Jochen, werden sie doch wach! Aufstehen! Ist schon Halbacht!", wieder war es Inge, die mich nicht weiter schlafen ließ. Ich kam hoch, alle Bilder waren weg, Inge sagte, als sie meinen Blick sah, sie würde die fertigen Fotos jetzt in den Laden mitnehmen. *Vatel* tobte im Tageslichtraum, den Trockner hatte er in einem Wutanfall zerbeult, der war schrottreif! Bilder waren nicht zu Schaden gekommen, also bemühte ich mich um vielleicht 20, 25 Stück mit Handtuch und Fön. Der Alte haute ab in die Wohnung, etwas Schlaf nachholen.

Die Studenten wollten um elf Uhr die Fotografien abholen. Inzwischen räumte ich auf, legte zuletzt die restlichen Nonnenflügelbilder in eine Wachstuchtragetasche und fuhr mit dem Betriebsradel in das Geschäft am Markt.

Das Ende der Geschichte erzählte mir Inge im strengsten Vertrauen und unter der Zusicherung, dass Muttel Martha nichts davon erfahren durfte. Als Vatel in den Laden kam, standen die Studenten schon da. Sie wollten sofort nach Thuine weiter, denn die Nonnen würden schon warten und bezahlen würden sie, wenn sie im Kloster kassiert hätten. Der Chef war misstrauisch, er wollte die Ware nicht rausrücken, erst als sie eindeutig schilderten, dass sie erst einmal einnehmen müssten, um bezahlen zu können und außerdem habe er ja ihren Ausweis gesehen und könne sich hundertprozentig darauf verlassen, dass sie heute Nachmittag das Geld bringen würden. Der Alte schrieb sorgfältig auf ein größeres Papier, unter dem ein Durschreibeblatt und ein weiteres Stück lag, eine Aufstellung der Warenmenge und den Preis. Dann ließ er von den beiden Herren ihre Adressen notieren, unterschreiben und machte ihnen klar, dass er eine Forderung auf jeden Fall eintreiben würde. Beide nickte ihr Einverständnis, sagten aber, er solle sich keine Sorgen machen, denn bis 17 Uhr hätte er sein Geld!

Jedenfalls, damals, am zweiten Tag nach der Affäre, warteten wir alle noch auf die beiden AStA-Herren! Die waren weg, spurlos verschwunden, unser Geld war futsch! Curtel sagte mir nur, als ich wieder einmal im Laden war:
"Das mit dem Thuiner Kloster bleibt unter uns, Jochen, meine Frau braucht das nicht zu wissen. Hab die Burschen angezeigt, aber wenig Hoffnung, die Polizei sagt, unter den Adressen ist kein Mensch zu finden! Das waren ausgekochte Schlitzohren und ich war einfach zu gutgläubig!"

Labor und Wohnung Wisniewsky "An der Gerhardstraße"

Mein Geburtstag im Jahr 1960

Als ich 30 Jahre alt war, rauchte ich wie ein Schlot. So um die vierzig Zigaretten am Tag und meine liebe Frau meckerte immer wieder:
„Rauchst dich noch zu Tode, die Gardinen sind schon wieder gelb, ich darf sie wieder waschen, alles stinkt nach dieser Scheißraucherei und wie soll das mit dir weiter gehen, wo du doch Vater bist. Hast du denn gar keine Verantwortung?“

Das mit der Verantwortung packte mich, aber ich dachte eine *Scheißraucherei* gibt es doch nicht! Also verdrängte ich das Problem und rauchte weiter. Zu Haus etwas weniger, im Betrieb dafür umso mehr. War damals im Jahr 1960 noch ein kleiner Laden, aber sie hatten viel zu tun. Manchmal mussten sie die zwölf Stunden der Nacht zur Hilfe nehmen, weil sie über Tag nicht fertig wurden. Wirtschaftswunderzeit! Aufbau der Bundesrepublik Deutschland, die Zeitungen schrieben davon, ich hatte keine Gazette, hatte auch keine Zeit zum Lesen, Radio hörte wir bei der Arbeit, aber auch zu Haus, mit so einem alten Dampfradio. Hatte uns ein Elektromeister verkauft, der Mann sah wie Adolf Hitler aus, Schnurrbart, Schmachttolle, alles in schwarz.

Täglich fuhr ich mit einem Moped auf einer Straßenkopfpflasterstraße, mein Lektor merkte an *Katzenköpfe,* zur Arbeit, vorbei an einer großen Bundeswehrkaserne. Die Jungs hinter dem Stacheldrahtzaun bewunderte ich nicht, sie wurden am frühen Morgen gedrillt, auf, nieder, durch den Dreck und wieder auf und nieder. Ganz anders, positiver, viel, viel positiver schreibt Hauptmann Roloff in einem Bericht:
"In seiner langen Geschichte ist das Lingener Panzerbataillon mit der Garnisonstadt Lingen und ihrer Umgebung verwachsen. Mehr

als 80% der Angehörigen des Bataillons, besonders der Grundwehrdienstleistenden Soldaten, stammen aus dem Emsland und der Grafschaft Bentheim. Nicht zuletzt durch den Umstand hat sich eine enge Verbundenheit zu dieser Region ergeben. Weiter haben zur Integration zahlreiche Veranstaltungen zum Teil gemeinsam mit der Stadt Lingen, wie ***'feierliche Gelöbnisse'****, Durchführung des* ***'Großen Zapfenstreiches', 'Tag der offenen Tür'*** *oder aber auch Sportveranstaltungen im Emslandstadion und taktische Vorführungen beigetragen. Als Zeichen der Verbundenheit werden bei besonderen Anlässen durch das Bataillon neben der Bundesdienstflagge die Flaggen des Emslandes, der Garnisonstadt Lingen und der Patengemeinden gesetzt."*

Mir ist mit diesem Bataillon eine dumme Sache passiert, denn ich hatte einen leichten Unfall. Die Soldaten zogen mit ihren Panzern zum Krieg spielen, auch zur Ausbildung und Erprobung, in eine nahe gelegene Heidelandschaft über die öffentliche Straße. Als ich in der morgendlichen Dunkelheit zum Betrieb fuhr, es war an meinem Geburtstag, also, wie allgemein bekannt, mitten im Monat November, stürzte ich mit meinem Zweirad in der Kurve zur Hauptstraße Gelgöskenstiege. Jämmerlich flog ich hin, stieg sozusagen über dem Lenker ab, hinter mir erstarb jammernd der Zweitackter und ich rutsche auf feuchten Steingrusch ein ganzes Stück, bis ich in einem Straßenloch auf Sand landete. Benommen stand ich auf und staunte über die zermahlte und herausgerissene Pflasterung. Hier hatten die Panzer der Bundeswehr ganze Arbeit geleistet! Mir fiel das Panzerdeckungsloch in Schlesien ein, das ich selbst geschaufelt hatte, ein. Eigenes, vorbereitetes Grab in Erwartung der sowjetischen Panzer. Mir grauste es!

Mein beschädigtes Fahrzeug ob ich aus dem Dreck, probierte den Motor, der sprang an, bog den Lenker hin und her, er bewegte sich schwer und entschloss mich, da ich auf halbem Weg war, umzukehren und nach Haus zu fahren. Es ging nur mühsam und ein Metallteil schlug im Rhythmus gegen das Hinterrad. So fuhr ich langsam, ganz langsam und kam in der Morgendämmerung so ungefähr um halb Neun an der Reichenbacher Straße wieder an.

Meine Frau Gisela empfing mich voller Entsetzen. Es sah schlimm mit mir aus, denn Blut rann aus meiner Nase und mit dem linken Bein konnte ich nur hinken, die Hände waren von der Rutschpartie aufgerissen und meine Brust schmerzte stark. Doch die Meinige jammerte nur über die zerrissene Hose:
„Das gute Stück! Ganz neu! Heute das erste Mal angezogen! Kannst Du nicht aufpassen! So gehst Du mit meinem Geburtstagsgeschenk um!“

Für diese Jammerei hatte ich überhaupt kein Verständnis, ganz ehrlich unter uns gesagt, ich nahm sie einfach nicht zur Kenntnis. Ging in das Badezimmer und versuchte mich zu reinigen, das Blut zu stillen und mich frisch zu machen. Als ich Gisela anschließend den Unfall schilderte, sagte sie, dass sie zur Bundeswehr gehen würde, denn es hätte etwas von Manöverschaden in der Zeitung gestanden, denn sie wollte Schmerzensgeld haben und die Hose müsste auch ersetzt werden.

Ich sagte nur, die Schmerzen habe ich gehabt und nicht du, meine liebe Gisela! Jedenfalls ließ ich mich von der Firma abholen, setzte mich an den Schreibtisch und dachte über diese Unfallmisere nach.

Nach einigen Minuten besann ich mich, dass meine Frau Recht hatte, denn ich hätte auch tot sein können, mit dieser verdammten Höllenmaschine, diesem Moped. Nachdem ich mit meinen Überlegungen hier angekommen war, überlegte ich, wie lange willst du eigentlich leben? Unendlich ging nicht, das wusste ich schon, aber die Kinder sollten schon erwachsen sein. Vielleicht war der erstgeborene Sohn Stephanus dann Bundeskanzler, die Nonne im Krankenhaus hatte es ja bei seiner Geburt geweissagt, na ja, und Claudia, die Zweite, hatte bestimmst schon meine Enkelkinder zur Welt gebracht. Sicherlich war ich dann so um die fünfzig oder sechzig Jahre alt, sinnierte ich, also, wie lange noch? Heute waren wir mitten November 1960, dann wäre ich 1980 immerhin schon 50! 1990 dann 60 und 2000, ja, Donnerwetter, 70 Jahre alt! Das war doch ein Ziel! Daran wollte ich unbedingt festhalten, den Jahrhundertwechsel, oh Mann, das war sogar ein Jahrtausendwechsel, das musste ich schaffen! Fortan war das mein Lebensziel!

Nach einigen Tagen ging Gisela zum Büro *Manöverschaden* der Bundeswehr, die Hose wurde ersetzt, Schmerzensgeld gab es nicht, denn ich war nicht zum Arzt gegangen.

Beim Eselswirt

Konditormeister Bernhard Koop, ein später Gast, erzählte den Schabernack

An einem Samstagabend im November 1958 saßen noch sechs Herren beim Eselswirt in der Kneipe *Ratskeller* neben dem Rathaus. Mitglieder vom Kegelclub Harmonie, sie tranken Bier, aber auch den einen oder anderen klaren Schnaps. Es waren ein Bäckermeister, zwei Kaufleute, davon handelte einer mit Möbeln, ein städtischer höherer Beamter, ein Bankmensch und ein Bauunternehmer. Die anderen ihrer Kegelrunde waren schon nach Haus gegangen, denn inzwischen war Mitternacht längst vorbei. Es war warm im Ratskeller, gemütlich, der Alkohol tat seine Wirkung, in der Luft hing der Qualm zahlreicher Zigarren und der Wirt hatte sich zu ihnen in die Runde gesetzt. Als der Banker die Frage stellte, wieso er Eselswirt genannt werde, antwortete dieser:
"Das ist so, weil wir dieses Grundstück an der Klasingstraße hatten, eine Wiese. Mein Vater hatte ein kleines Pferd, eigentlich war es ein Pony und das graste da. Die Leute machten daraus einen Esel und so kam mein Vater zu seinem Spitznamen."
Alle lachten, forderten den Wirt auf die nächste Runde zu schmeißen und dieser trollte sich hinter seinen Tresen und zapfte Pils von der Union Brauerei aus Dortmund. In diesem Moment betrat der Stadtpolizist Paul Luhm die Kneipe. Groß, mächtig, wichtig, in Uniform mit Tschako auf dem Kopf, sehr amtlich baute er sich am Eingang gleich an den schweren Türvorhängen auf:
"Meine Herren, Polizeistunde! Es ist Schluss! Schon ein Uhr und 45 Minuten, also Feierabend! Machen Sie ein Ende, dann lass ich Sie ohne Verwarnung laufen!"

Die Runde meuterte, sie wollten noch das kostenlose Bier austrinken, könnten sie nicht stehen lassen, er solle sich mal hinsetzen, dann würde er auch ein Bierchen bekommen. Paul brummte nur:
"Schluss jetzt, bin im Dienst und ich sage Ihnen, wenn der Laden hier nicht in einer Viertelstunde leer ist, bringe ich Sie zur Anzeige! Widerstand gegen die Staatsgewalt!"
Damit drehte sich der Gesetzeshüter um und stampfte zurück auf den Marktplatz.

Die Herren machten weiter. Es war ihnen egal, was da passieren sollte und es folgten noch ein Pils und noch ein Schnaps und es wurde immer später und plötzlich war er wieder da, der Herr Gendarm! Stand in der Eingangstür und brüllte:
"So, da hab ich euch! Ausweise bitte!"

Allgemeine Murmelei, nur zwei der Herren hatten ihren Ausweis mit, der Handwerker seinen Führerschein und die anderen irgendwelche Mitgliedskarten von irgendwelchen Vereinen. Der Herr Luhm notierte fleißig die Namen, schrieb sogar die Geburtsdaten dazu und die Postanschriften und vergaß den Eselswirt nicht, er meinte, das wäre der Rädelsführer!

"So, das wäre es dann! Sie bekommen Nachricht! Zur Information, ich reiche das Protokoll weiter, Anzeige! Ich hab Ihre Namen, Ihre Anschriften unter dem Datum von heute! Gute Nacht, die Herren."

Mühsam erhoben sich die Gescholtenen, zahlten und verschwanden einer nach dem anderen. Nach ungefähr vier Wochen erhielten die Herren die Vorladung vom Gericht, Verhandlung wegen Widerstand gegen die Staatsgewalt, ruhestörender Lärm und Überschreitung der Polizeistunde. Sie beauftragten den besten Juristen der Stadt für ihre Verteidigung und dieser nahm erst einmal Akteneinsicht. Er bestellte die Angezeigten in seine Kanzlei, versicherte ihnen alles Menschenmögliche zu tun, einen Freispruch zu erhalten und erkundigte sich intensiv nach dem Datum des Saufgelages. Diese Gespräche erfolgten immer einzeln, also unter *vier Augen.*

Am Verhandlungstag war der Gerichtssaal rappelvoll. In der Stadt hatte es sich herum gesprochen, welche Prominenz da auf der Anklagebank saß! Der Verhandlungssaal fasste nicht alle Besucher. Der dicke Polizist Luhm trat als Zeuge auf. Umständlich schilderte er den Hergang der Tat, steigerte sich sogar in seinem Zorn und bebte bald vor Empörung. Dann fragte der bekannte Verteidiger den Ordnungshüter nach Tag und Uhrzeit des Vergehens. Der Beamte zog sein Notizheft, las Datum und Uhrzeit deutlich vor und der Strafrechtler ließ ihn noch einmal diese Daten bestätigen. Nach einigem Hin und Her wurden die armen Sünderlein vom Richter befragt, ob sie schuldig seien. Empört wiesen sie diese Frage zurück, sie seien unschuldig, und alle zusammen standen auf und gaben zu Protokoll:
"Wir waren an diesem Tag nicht im Ratskeller beim Eselswirt!"
Überrascht schaute der Vorsitzende zum Rechtsanwalt, der erhob sich und erklärte lächelnd:
"Hier hat der Herr Wachtmeister das Datum vom Freitag genommen. Die Herren haben mir aber versichert, dass sie nur am Samstag kegeln würden, denn nur dann hätte der Bäckermeister Zeit für einen geselligen Abend."

Der Richter brach die Verhandlung ab und erteilte dem Herrn Wachtmeister eine Rüge, in Zukunft aufmerksamer zu arbeiten.

Weihnachtstimmung Rathaus, Ratskeller und Stadtschänke

Eine traurige Geschichte
Von meinem Nachbarn Willibald erzählt

Drei Jahre war Andreas arbeitslos. Drei lange Jahre. Jetzt arbeitete er als Vorkoster in einem medizinischen Labor. Wein musste auf seine Verträglichkeit für Zuckerkranke getestet werden. Mit der Fleischwarenfachverkäuferin Anneliese lebte er zusammen. Sie war seit zehn Monaten bei einem Marktbeschicker angestellt.

Gestern war er mit schwerer Zunge heim gekommen. Anneliese steckte ihn einfach in sein Bett und ließ ihn schlafen. Heute, am Mittwoch, kam der gute Andi besonders spät nach Haus. Leicht verärgert fragte sie:
"Wo treibst Du dich denn herum? Warte schon drei Stunden!"
Er grinste:
"Ich habe nicht getrunken, konnte nicht so schnell zu dir kommen, nein, nein, heute habe ich mich um eine schöne Frau kümmern müssen!"
"Wer soll denn das sein?"
"Sie ist eine große Hagere und läuft immer in schwarzen Klamotten. Schätze, sie ist so gut und gern 70 Jahre alt. Sie hat auch einen Hund."
"Was hat sie?" Anneliese hatte ihn bei seiner Nuschelei nicht ganz verstanden.
"Ja, so einen Hund, so einen Wau, Wau, du weißt schon. Er ist an der Schulter um 30 Zentimeter groß, Mischling, struppig, so einer zwischen Zahnbürste und Bettvorleger, ist ganz grau der Bursche. Hat mir auch ein Loch in die Hose gerissen."
"Zeig mal her. Wahrhaftig! Hoffentlich hast du die Alte zur Kasse gebeten! Das Stück ist hinüber! Wie konnte nur so etwas passieren?"

"Ich wollte doch heute Morgen zu dir auf den Marktplatz zu deinem Stand. Also musste ich bei eurer Konkurrenz vorbei. Dort stand diese Frau und kramte in ihrer Geldbörse. Das Tier saß im Körbchen auf dem Gepäckträger. Als ich vorbei ging, knurrte er und schnappte sofort zu, packte mich hier oben an der Büx und riss ein Stück heraus. Als ich mir den Schaden besah, waren die Beiden weg, einfach weg."

Anneliese schüttelte mit dem Kopf. Sie dachte, der Kerl spinnt doch, will dir ein Märchen erzählen.
"Na und, dann erzähl mal weiter, hast du sie noch erwischt?"
"Also ich hab erst einmal den Herrn Fleischermeister gefragt, wo sie hin ist. Er konnte vor Lachen keine Antwort geben. Dann gluckste er so vor sich hin, da, da, runter und wedelte in Richtung Rathaus. Ich bin gleich hinterher, aber ich hatte kein Fahrrad. Die Tante war schneller! Bin dann wieder zurück auf den Markt, wollte zu dir, aber ihr hattet schon abgebaut, auch du warst verschwunden!"
"Du weißt doch, um 13.00 Uhr ist Schluss!"
"Ich weiß. Aber euer Konkurrenzschlachter war noch da. Fing gleich wieder zu grinsen an, als er mich sah. Ich habe ihn noch einmal nach seiner Kundin gefragt. Er gab mir auch einen guten Tipp. Ich sollte es mal am Bahnhof versuchen. Die Frau würde dort arbeiten. Sie würde die Toiletten reinigen. Wäre ein ganz verarmter Flüchtling, aber sehr anspruchsvoll, wenn es um ihren Rüden ging!"
"Mensch Andi, du hast aber ne lange Leitung! Hättest mich doch gleich gefragt! Mann, das ist die *Hunde-Lene* ! Die ist doch in der ganzen Stadt bekannt! Kommt auch immer zu uns wegen Kalbsknochen. Müssen immer schön weich sein, die Knochen bitte nur von ganz jungen Kälbchen, ihr Liebling wäre auch schon alt und hätte schlechte Zähne!"

"Was? *Hunde-Lene* heißt sie? Warum sagste das nicht gleich? Da gehe ich doch sofort hin!"
"Geh, aber pass auf, dass sie dir nicht ihre ekligen Pinkelgroschen andreht!"
Schon nach einer halben Stunde war Andreas zurück.
"Na, haste dein Geld?"
Anneliese überfiel sofort ihren Liebsten. Er setzte sich an den Küchentisch und starrte vor sich hin. Dann nuschelte er:
"Wenn nicht alles so traurig wäre, müsste ich jetzt laut lachen! So was, ach nee, mir ist etwas ganz Verrücktes passiert! Jedenfalls, ich bin zu unserem Bahnhof hin und an der Mauer, da an der Seite, wo die Taxis warten, stand das Fahrrad mit dem Hundekörbchen. Ich also rein in die Halle, lauf rechts den Gang runter zu den Toiletten. Sie putzte gerade bei Damen. Als der Köter mich sah, fing er zu bellen an und die Frau knurrte mich an, ich solle abhauen, das sei hier nur für Damen!"
"Ja, nun mal los, mal weiter, lass dir doch nicht die Worte aus der Nase ziehen!"
"Mensch ich rede doch schon. Ich habe der Putzfrau gesagt, dass ihre Promenadenmischung meine Hose zerfetzt habe, ich wolle Schadenersatz! Da fing sie zu zittern an, nahm ihren Wauwau auf den Arm und sagte:
'Das stimmt nicht! Sie lügen! Mein *Kackerle* macht so etwas nicht! Scheren Sie sich weg, Sie Lügenbold!'
Dann gab sie dem Struppi ein Küsschen auf die Nase und sprach zu ihm:
'Ach mein liebes, kleines *Kackerle*! So etwas Hässliches machst du doch nicht! Das ist ein ganz böser Mann! Der will dein liebes, liebes Frauchen ärgern! Los, hol ihn dir!'"

Plötzlich sprang Andreas vom Stuhl, zog ein Messer aus dem Holzblock neben dem Herd. Fuchtelte damit umher, drohte damit

in Richtung Anneliese. Sie bekam Angst, erbärmliche Angst. Wollte weg von Andi, raus aus der Küche, er aber brüllte:
"Grässlich, furchtbar! Mistkerl, dieser verfluchte Köter, färbte sich von Grau nach Schwarz, seine Haare stiegen auf, ich glaube er wurde doppelt so groß, seine Augen begannen zu glühen, aus seinem Maul schossen Feuerflammen, es war der Teufel! Ich hörte nur ein schrilles *fassssss, Kackckckeeeerle*!
Da bin ich abgehauen!"

Anneliese schossen Tränen in die Augen. Diese verfluchte Sauferei, dieser dreimal verdammte Alkohol! Schade um Andreas. Sie rannte aus der Küche. Mit ihrem Telefon wählte sie den Notruf. Sie sagten, sie würden sofort kommen.

Fotoreporter Heinrich Heinrichsen
Von der Lingener Redaktion des *VORWÄRTS*

Eigentlich fing die Geschichte ganz harmlos an. Heinrich war an einem Mittwochabend in das Falkenheim der SPD an der Ludwigstraße eingeladen. Jetzt, im Jahr 1953, lebte er allein in Lingen, war Lehrling im dritten Jahr in der Malerei und Glaserei Berning, des größten Handwerksbetriebes der Stadt und fotografierte gern in seiner Freizeit. Seine Mutter hatte ihm zum Beginn der Ausbildung die alte Rolleicord seines Vaters, der im Krieg geblieben war, gegeben. Heintzi war sehr stolz auf das gute Stück und er meinte, mit dieser zweiäugigen Spiegelreflexkamera ganz hübsche Fotos zu machen.

An diesem Abend und, wie ihm versichert wurde, jeden Mittwoch und Samstag, war der Teufel los. Die Jugend der Stadt traf sich hier im Heim zum Quatschen, Spielen, Tanzen und auch schon mal zum Knutschen. Im allgemeinen Gedränge fiel ihm ein größerer Kerl auf. Er war schon etwas älter als die Anderen, hatte eine schlanke Figur, war so um 1,85 hoch, hatte braune Haare und Augen und schien eine Art Leitfigur zu sein, denn eine Gruppe von Jungen und Mädchen umschwärmte ihn. Als ein Bursche aus dem Pulk Heinrich auf dem Weg zur Toilette fast umrannte, stoppte dieser den Schnellen:
„He, mal langsam! Wer ist denn dieser Göttergleiche, den ihr alle anhimmelt?“
„Wen meinst du? Sprichst du von dem in den Lederhosen? Der ist Ritterkreuzträger!“
Donnerwetter, Heintzi bekam ganz glänzende Augen, so kleckert der Ruhm noch immer nach, dachte er.
„Und sonst?“

„Na ja, der macht die Zeitung hier in Lingen. Unsere Zeitung, die von der SPD, du weißt doch, die *VORWÄRTS* !“

Der Schnelle lief weiter, hin zum stillen Ort und Heinrich Heinrichsen grübelte *Lederhosen,* wieso Lederhosen, hier im Emsland? Genau solche hatte er auch zu Haus in der Grafschaft Glatz gehabt, war nun vorbei, lief jetzt bestimmt ein Polenjunge darin umher. Schüchtern und etwas abwesend stand der Malerlehrling im Raum in einer stillen Ecke.
„Du bist also der Neue! Herzlich Willkommen im Falkenheim!“
Vor ihn hatte sich der lange Lulatsch aufgebaut, automatisch nahm er Haltung an, er wollte melden, besann sich aber, der andere stand ohne Orden da, grinste auf ihn herab und streckte Heinrich seine Hand hin.
„Ich heiße Lothar Luhm, bin eigentlich ein Bayer, der Scheißkrieg hat mich in dieses Emsland verschlagen. Kannst mich Lotz nennen. Die Anderen haben mir gesagt, du würdest fotografieren, Heinrich, du hättest einen tollen Fotoapparat. Könnte dich gebrauchen, ab und zu mal ein Foto für die Zeitung, werde dir schon vorher sagen, was ich mir vorstelle. Für jedes gedruckte Bild gibt es auch etwas Geld, also, schlag ein und mach mit!“
„Einverstanden“, Heintzi patschte in die Hand des vermeintlichen Ritterkreuzinhabers. Sie fühlte sich weich und schwammig an, doch ein kräftiger Druck des Großen bestätigte das Abkommen.
„Komm am Samstag in mein Büro in der Mühlentorstraße, dort können wir in Ruhe quatschen und vielleicht hab ich dann schon etwas für dich!“
Dann zog Lotz weiter, einen Schwarm junger Mädchen mit sich in den nächsten Raum ziehend.

Heinrich Heinrichsen stand am Samstag um 10 Uhr vor dem Büro der SPD-Zeitung *Vorwärts* in der Mühlentorstraße. Er hatte seine

Rollei mitgebracht, sicherheitshalber, man konnte ja nicht wissen. Er klinkte, die Tür war zu. Jetzt sah er einen Klingelknopf, rechts an der Mauer, daneben ein kleiner, roter Zettel mit handschriftlich *VORWÄRTS.* Er schellte, einmal, zweimal und ein drittes Mal, still ruhte der See, nichts rührte sich. Plötzlich stand Lotz vor ihm. In der linken Hand hatte er eine Semmel, Verzeihung, natürlich Brötchen, in der Rechten ein Wienerle vom Schlachter Hintze. Er kaute kräftig und quetschte dabei kaum verständlich raus:
„Da bist du ja!“

Dann schloss er die Tür auf, dabei hatte er den Rest des Wiener Würstchens in die Linke genommen und das letzte Stückchen Brötchen zwischen die Zähne geklemmt.
„Komm rein, hock dich hin, ich mach uns einen Kaffee.“
Lothar verschwand hinter einem dunkelbraunen Vorhang.

Heintzi sah sich im Redaktionsbüro um. Ein Stuhl, auf dem saß er selbst, und quer in den Raum gestellt ein recht großer Schreibtisch. Auf ihm Papiere, aufgestapelt in zwei Haufen, eine große Schreibmaschine, Telefon, ein stehendes Bilderrähmchen, er konnte das Foto nicht sehen, und eine Schale mit Schreibstiften. Dahinter ein Stuhl mit halbhoher Lehne, mit Sitzkissen, auch schien er drehbar zu sein. Rechts daneben ein Fernschreiber, unter ihm alte Zeitungen und an der Wand dahinter weitere beachtliche Zeitungsstapel. Ziemlich hoch an der Wand ein gerahmtes Porträtfoto mit einem Herrn. Das Gesicht wurde von einem Zwicker, also einer bügellosen Brille, und einem starken Vollbart verziert.

Der Herr Redakteur brachte den dampfenden Kaffee in zwei Tassen, schob Milch und Zucker auf dem Schreibtisch in die Nähe vom Malerlehrling Heinz und erteilte den ersten Auftrag:

"Ich könnte ein Foto vom Schornsteinfeger gebrauchen. So oben auf einem Dach, wie er die Esse reinigt. kann ruhig die Absturzgefahr dieses gefährlichen Berufes zeigen. Traust Du dir das zu?"

Heinz antwortete mit Ja und versuchte in der folgenden Woche das Foto zu machen. Es war nicht einfach, denn er hatte nur nach Feierabend Zeit und dann fegten die Schornsteinfeger auch keine Schornsteine mehr. Lothar Luhm verschaffte ihm am Samstag einen Termin beim Innungsmeister des schwarzen Handwerks und so konnte Heintzi sein Bildchen machen.

Der Herr Redakteur war zufrieden und der Malerlehrling Heinrichsen arbeitete in den nächsten Monaten alle Aufträge ab. Er rannte mit seiner Rollei die Treppe im Wasserturm, vorbei am großen, fast voll gefüllten Vorratsbehälter mit kristallklarer Flüssigkeit - was wäre, wenn er nun hineinspuckte - nach oben auf die Spitze, fotografierte die Eisenbahn, das Ausbesserungswerk und die ganze Stadt Lingen aus der Vogelperspektive. Heintzi begleitete den Falkner auf der Falkenjagd mit Frettchen und Raubvogel, stand auf Brücken und knipste dampfende Lokomotiven auf Schienensträngen und Lastschiffe auf dem Dortmund-Ems-Kanal, lichtete den abgeknickten Crackturm der Raffinerie in Holthausen ab, kurzum, er verdiente sich mit dieser Tätigkeit manch müde Deutsche Mark.

Falkner Böttcher bei der Jagd

Altenlingen um 1954

Viehmarkt

Der alte Hof Möddel in Schepsdorf

Der „lange Jammer“, Georgstraße um 1960

Poller, Dortmund-Ems-Kanal

Hermann-Josef will Lokomotivführer werden

Ein Freund berichtete mir vom Eisenbahnausbesserungswerk

Endlich war es so weit, Hermann-Josef begann seine Ausbildung im Bundesbahnausbesserungswerk, kurz AW genannt, der Bahn in Lingen. Schon im Alter von zehn Jahren sprach der Junge nur von seinem Wunsch Lokomotivführer zu werden. Am ersten April 1950 begann seine Lehre, die drei Jahre, also bis 1953, dauern würde. Er war seinem Vater, einem einfachen Heuermann aus der Gegend östlich von Freren, dankbar, dass er ihm die Ausbildungsstelle in der Stadt Lingen besorgt hatte. Eine verheiratete Cousine nahm ihn in ihre Familie auf und so wohnte der junge Mann in dieser Zeit in der Rheiner Straße, nicht weit vom Wasserturm entfernt.

Am Montag, dem dritten April, stand Hermann-Josef um 8 Uhr vor dem Haupttor des Werkes an der Kaiserstraße in einer Gruppe von ungefähr 30 jungen Männern seines Alters. Es war der neue Jahrgang der künftigen Maschinenschlosser. Dieser Ausbildungsweg war die Voraussetzung, um später Lokführer werden zu können. Erst dann würde sich sein Traum erfüllen, eine große, schwarze Dampfmaschine auf Eisenschienen durch die Welt zu jagen!

Die Neulinge waren vom Ausbildungsleiter eine Stunde nach Arbeitsbeginn bestellt worden und gingen so nicht im Schwarm der vielen Werkmitarbeiter verloren. Die Neuen waren sauber und ordentlich angezogen und trugen ein Päckchen mit ihrer Arbeitskleidung unter dem rechten Arm. Der Inspektor, ein Ingenieur, der mit der Ausbildungsleitung beauftragt war, führte die jungen Männer in den Unterrichtsraum des Werkes und begann mit seiner Einweisung.

Nun erfuhren sie, dass ihre Arbeitszeit um 7 Uhr begann. Schon um 6.45 wurden durch lautes Pfeifen der Werkssirene die Arbeiter in der Stadt erinnert, in einer Viertelstunde beim Ausbesserungswerk zu sein. Dann rief die Dampfsirene noch einmal endgültig lautstark um 7 zur Arbeit.

Diese Lärmerei brach außerdem immer zur Mittagszeit und zum Ende der Arbeitstages aus. Die Jugendlichen wurden über die Anzahl der Werksangehörigen informiert, die in diesem Jahr 87 Lehrlinge und 1.400 Mitarbeiter betrug. Der Lehrer erzählte den Jungs vom dualen Ausbildungssystem, also der Schule für die theoretischen Grundlagen und der praktischen Ausbildung in der Lehrlingswerkstatt. Er wies darauf hin, dass gute schulische Leistungen eine Voraussetzung zum Weiterkommen auf dem Berufsweg sei. Nach einer knappen Stunde erschien der Lehrmeister und übernahm die Neuen, die er in die Lehrwerkstatt führte. In der Waschkaue, einem Raum mit Waschbecken und Spinden, erhielt jeder einen Schrank für seine persönlichen Sachen. Außerhalb der Arbeitszeit hatte das Umziehen zu erfolgen und der Meister riet dazu, das Werk schon eine Viertelstunde vor Arbeitsbeginn zu betreten. Das Tor sei schon ab halb sieben geöffnet, schließe aber pünktlich um sieben Uhr und wer dann zu spät komme, müsse beim Pförtner schellen!

Zum Arbeitsbeginn nahmen die Lehrlinge in der gesamten Ausbildungszeit in der Lehrwerkstatt in Dreierreihen Aufstellung. Die jungen Männer standen nach Lehrjahren geordnet, wobei das Durchzählen vom rechten Flügelmann jeder Reihe erfolgte und bei 31 Angetretenen mit 10-10-10+1 gemeldet wurde. Danach ging es an die Arbeit, auch in andere Abteilungen, wie zum Beispiel in die Werkzeugmacherei.

Die tägliche Arbeitszeit endete für die jungen Leute um 16,15 Uhr, wobei eine Frühstückspause von 15 Minuten und die Mittagszeit von einer halben Stunde einbegriffen waren. Also acht und einhalb Stunden bei fünf Tagen in der Woche und für die Lehrlinge am Samstag nur fünfeinhalb, sodass eine Wochenarbeitszeit von 48 Stunden zusammen kam. Für das Frühstück musste selbst gesorgt werden, Mittagessen war gegen einen kleinen Betrag von der Kantine des Eisenbahnsozialwerkes zu bekommen. Dafür wurden Essenmarken gekauft. Die Mahlzeiten befanden sich in Wärmebehältern und wer wollte, konnte sogar Milch gegen Bestellung vom Rittergut Grumsmühlen erhalten. Das Essen wurde auf Elektrokarren in die Lehrwerkstatt gebracht, ebenso wie alle anderen Materialien. Diese Fahrzeuge wurden auch auf Bahnhöfen für den Transport von Gepäck und Expressgut eingesetzt.

Das Sozialwerk bot noch weitere Annehmlichkeiten, wie Badeanstalt mit Wannenbädern, Kantine, Freibadeanstalt, preisgünstiger Bezug von Kohle und Verkauf von Metallresten, besonders ausgedienter Rohre. Nach dem Krieg, so erzählten die schon länger tätigen Arbeiter, habe das Sozialwerk eine Anlage zur Herstellung von Zuckerrübensirup in Betrieb genommen. Der ausgepresste Saft wurde in einem Kochkessel zu Sirup eingedickt und danach für 20 Pfennig pro Kilo an Mitarbeiter abgegeben. Dieses Unternehmen lief bis weit in das Jahr 1948 hinein. In der schlechten Kriegs- und Nachkriegszeit duldete die Werksleitung die Herstellung von Kinderspielzeug, fettfreien Pfannen, Wärmekruken und Tabakschneidemaschinen.

Für jedes Lehrjahr waren zwei verschiedene *Lehrgesellen* für die praktische Ausbildung der Maschinenschlosser zuständig. Zusätzlich war ein Lehrgeselle für den Bereich Schmiede und einer für Dreh- und Fräsmaschinen eingeteilt. Der Lehrgang "Eisen erzieht" wurde für den praktischen Bereich genutzt. Grundlage der Ausbildung waren Zeichnungen, auf denen noch die Symbole der Deutschen Arbeitsfront, auch mit Hakenkreuz, zu erkennen waren. Die jungen Burschen wunderten sich. Jeder der Auszubildenden erhielt fünf Werkzeugmarken mit eingeschlagener Personalnummer für benötigte Arbeitsgeräte. Diese konnten nur ersetzt werden, wenn zerbrochenes oder beschädigtes Material zurückgegeben wurde.

Die praktische Ausbildung erfolgte mit dem Erlernen des Umganges mit dem Handwerkszeug. Es begann damit, "wie fasse ich die Feile an?", auch "wie benutze ich den Schraubstock?" und so weiter. Arbeitsproben mussten angefertigt werden. Nach einem Vierteljahr waren die Grundfertigkeiten der Metallbearbeitung vermittelt. Im zweiten Ausbildungsjahr erlernte Hermann-Josef das Schweißen, Schmieden und die Reparatur von Dampflokomotiven.

Die Lohnzahlungen erfolgten wöchentlich durch die Werkmeister der einzelnen Abteilungen. Es waren vorläufige *Abschlagzahlungen*. Die Handwerksgesellen und Arbeiter erhielten das Geld im Meisterbüro bar in Lohntüten. Am Ende des Monats erfolgte die *Generalabrechnung*. Dieses "Geld in die Hand bekommen" war für manch einen armen Mann eine große Verführung. Gegenüber dem Werk lag die Gastwirtschaft Rüther, davor standen oft Ehefrauen mit Kinderwagen, um wenigstens etwas Geld ihrem Eheliebsten aus der Tasche zu ziehen. Die Lehrlinge erhielten im ersten Ausbildungsjahr 40 D-Mark, in dem zweiten 50 und dann, im dritten, immerhin 60 D-Mark Vergütung im Monat.

Der Unterricht in der Werksberufsschule wurde parallel zur praktischen Ausbildung durchgeführt. Der Stundenplan für das erste Lehrjahr bestand aus den Fächern Technisches Zeichnen, Physik, Allgemeine Maschinenlehre, Deutsch, Chemie und Rechnen. Im zweiten Lehrjahr entfiel Physik. Es kam Lokomotivbau hinzu und das Fach Allgemeine Maschinenlehre wurde um den Begriff Betriebslehre erweitert. Im dritten Lehrjahr gliederte sich der Unterricht in Körperberechnug und Betriebslehre, Zeichnen, Deutsch, Algebra, Lokomotivbau, Chemie und Werkstoffkunde.

Hermann-Josef stellte sich sehr geschickt an und sein Lehrgeselle nahm ihn im dritten Lehrjahr für den Bau einer Abdruckvorrichtung für Dampflokrohre hinzu. Diese Erfindung eines Reichsbahnoberrates war eine technische Vorrichtung, um einfach und zweckmäßig die Dichtigkeit von Rohren zu prüfen. Bei seiner Gesellenprüfung erhielt Hermann-Josef dafür Lob. Eine weitere Belohnung war die Abnahmefahrt auf einer Lok bis Salzbergen und wieder zurück. Die Schlussprüfung nach einer Reparatur erfolgte durch einen technischen Inspektor des EAWS und einen Abnahmelokführers.

In seiner Lehrzeit erlebte Hermann-Josef Entlassungen von Arbeitern und Gesellen. Gründe dafür waren Alkohol am Arbeitsplatz und Diebstahl von Material. Einer der beiden Lehrgesellen des zweiten Lehrjahres musste gehen, weil er fertige Teile, die während der Ausbildung entstanden waren, in der Stadt an ein Einzelhandelsgeschäft für Haushaltswaren verhökert hatte. Wo die grüne Farbe für die Zäune der Eisenbahnergrundstücke herkam, erfuhr der Auszubildende nie. Allerdings waren ihm Gerüchte bekannt, dass im Wagenwerk Glühbirnen, Teppiche, Polstersitze und die beliebten Lederriemen für das Hochziehen der Fensterscheiben, besonders in den kargen Kriegsjahren, immer wieder verschwanden. Den Bau eines Karussells im Werk, sein anschließender Aufbau auf der Kirmes in Elbergen mit dortigem Probebetrieb und seinem Verkauf zu Gunsten der Erbauer halten der Autor und auch Hermann-Josef für ein Gerücht.

1959 erfolgte die Schließung der Werksschule, da die Auszubildenden zur öffentlichen Berufsschule gehen mussten. Der fachbezogene Unterricht wurde aber weiterhin von Ingeneuren des Werkes in den städtischen Schulgebäuden erteilt. Die Gesellenprüfung fand vor dem Prüfungsausschuss des Ausbesserungswerkes Lingen unter Vorsitz des Werkdirektors statt. Als Gesellenstücke wurden gern Rundzangen, Messschieber oder auch Einsteckschlösser hergestellt. Hermann-Josef wurde nach seiner Prüfung nach Braunschweig in das dortige Werk versetzt. Er sollte für seine Lokführerlaufbahn weiter ausgebildet werden.

Wie die Elektrizität nach Lingen kam

Was der Herr Stromableser wusste

Heute, also am letzten Dienstag im März des Jahres 1960, war Herr Reppin bei uns im Haus. Dieser Mann kam von der Stadt, genauer gesagt von den städtischen Betriebswerken im Auftrag der VEW, um unseren Stromzähler abzulesen. Sicherheitshalber ging ich mit ihm in den Keller, denn unser Kasten hing auf halber Höhe der Kellertreppe. Ich traute Herrn Reppin nicht so ganz, denn ich glaubte, dass er uns schon mal über das Ohr gehauen hatte. Einfach zuviel Kilowatt abgerechnet! Diesmal passte ich auf, hatte ja auch Glück, da ich wegen Krankheit zu Haus war. Für mich eine gute Gelegenheit, den Herrn Stromableser einmal danach zu fragen, wann Lingen eigentlich an das elektrische Netz angeschlossen worden war. Der gute Mann hatte gegenüber meiner Frau Gisela immer damit angegeben, dass er von Anfang dabei gewesen war.
"Sie haben doch schon immer den Strom abgelesen, Herr Reppin", begann ich damit, mich anzuschleichen, "meine Frau sagte mir, schon jahrzehntelang. Stimmt das denn?"

Wir standen vor dem schwarzen Kasten an der Kellerwand. Der Herr Ableser klemmte seinen Bleistiftstummel hinter sein linkes Ohr, schaute mich über seine Brille an und knurrte halblaut:
"Na klar, junger Mann! Mach das schon von Anfang an. Ende 1925 habe ich das erste Mal im Haus Am Markt 8 abgelesen. War damals bei der Stadt angestellt. Der Strom kam vom städtischen Gaswerk. Dort wurde er von einer fahrbaren Dampfmaschine mit einem Aggregat produziert. Nach dem Krieg kam ich zur VEW, die jetzt das Elektrische liefern. Warten Sie mal, stimmt, das mach ich ja jetzt schon 35 Jahre! Mein Gott, die Zeit vergeht, bald geh ich in

Rente, werd nicht viel bekommen, war früher nur Arbeiter, da kam wenig zusammen."
"Sagen Sie mal, wie war denn das, bevor der Strom nach Lingen kam? Ich meine, mit Kienspan und so war es ja auch hier im Emsland nicht?"
Jetzt wurde der Strommensch munter:
"Was fällt Ihnen ein, mein Herr! Kienspan! Wir hatten doch Gas! Gaslaternen überall auf den Straßen, zuständig dafür war ein Herr *Gewehrüber*! Der zog in der Dämmerung durch die Stadt und entzündete die Laternen mit seinem Stock, den er über der Schulter trug. Daher sein Name, auch ich weiß nicht, wie er richtig hieß, er ist schon lange Jahre nicht mehr unter uns. Im Winter haben wir jungen Burschen oft die Glaskörper mit Schneebällen eingeworfen. Wenn der Schupo kam, mussten wir sehen, dass wir schnellstens um die Ecke kamen! Hat viel Spaß gemacht!"

Der Alte war nun kaum noch zu bremsen, es quoll aus ihm heraus, es war sein Leben. Tagaus, tagein, lief er von Haus zu Haus, kannte besonders die Frauen, denn ihre Männer waren zur Arbeit und er betonte, dass er sich immer korrekt verhalten habe. Mir reichte seine Auskunft noch nicht, ich wollte noch mehr in Erfahrung bringen. Inzwischen standen wir vor der Haustür, die Sonne wärmte schon etwas und ich setzte meine Fragerei fort:
"Wie muss ich mir denn das vorstellen mit dem Strom, kam der unterirdisch in die Häuser oder wie?"
"Ach was denken Sie! Die ganze Stadt war voller Draht, die Leitungen liefen über Gestänge über den Häusern durch die Luft! Über Freileitungsmasten wurde der Strom heran geführt und es sah alles so aus wie auf Bildern aus Afrika, alles kreuz und quer. Mit dem Unterirdischen fangen wir ja erst so richtig an, draußen in den Dörfern stehen ja noch die Strommasten. Kommen Sie mal nach Laxten, Bramsche, Darme, Schepsdorf und wie sie alle heißen, wird

noch eine ganze Zeit dauern, bis alles, hoffentlich, unter der Erde verschwunden ist."

Nun dachte ich, dass ich alles mal loben müsse, denn schließlich war diese Elektrifizierung eine große Sache. Jetzt, im Jahr 1960, stieg der Stromverbrauch immer mehr an. Die Haushalte hatten viele neue Elektrogeräte. Herde, Waschmaschinen, ja sogar einige wenige sollen schon Geschirrspülmaschinen besessen haben. Radios, Fernseher, Staubsauger, Lampen, auch kam der Strom aus der Wand, es war einfach, bequem, denn der *Saft* kam in jedem Raum aus der Steckdose.

"Wer hat das denn mit dem Elektrischen für die Stadt entschieden? Ein Bürgermeister oder wer? Wissen Sie etwas darüber?"
"Das ist schon lange her. Soviel ich weiß, ist die Entscheidung auf einer Stadtversammlung 1924 gefallen. Damals sprach man von städtischen Körperschaften, ich weiß nicht, ob das städtische Mitarbeiter oder aber gewählte Volksvertreter waren. Vermutlich waren es die Abgeordneten. Ist auch jetzt egal, wir waren damals alle froh, dass nun endlich die Elektriezität zur Verfügung stand. Sehen Sie, junger Mann, seit dieser Zeit lese ich die Stromzähler ab!"

Mir blieb nur noch zu danken, ich sagte *Auf Wiedersehen*, Herr Reppin schwang sich auf seinen Drahtesel, setzte seinen rechten Fuß auf die Straße und sagte:
"Die Gaslaternen gibt es immer noch, aber sie werden heutzutage elektrisch über Dämmerungsschalter angezündet. Machen Sie die Augen auf, mein Herr, und Sie werden die schönen, alten Laternen überall finden, in der Burgstraße, am Markt, an der Mühlentorstraße, einfach überall, sogar an der Friedhofsmauer. Tschüß!"
Weg war er, hin zum Nachbarn Neugebauer, zum nächsten schwarzen Kasten, dem Stromzähler.

Fest der Kivelinge 1955

Bürgerschützenball
Wir waren dabei!

Endlich war es soweit, das Fest der Bürgerschützen begann zu Pfingsten 1965. In diesem Jahr waren wieder einmal die Schützen dran, die verheirateten Männer, oft Väter der Kivelinge. Die Junggesellen, die Jugend, auch die sich dafür hielten, feierten alle drei Jahre, auch zu Pfingsten, verdrängten in der neueren Zeit sogar die Schützen, deren Fest im Jubel und Trubel der Kivelinge unterging. Alles bekannt, beschrieben, kommentiert, dokumentiert, archiviert das Werden und Sein des Bürgerschützenvereins von 1838 e.V., auch der Bürgersöhne-Aufzug *Die Kivelinge* e.V. von 1372.

Der Königsball der Bürgerschützen fand am Pfingstmontag statt, wir waren eingeladen! Zusammen mit Freunden der Königin aus Münster, Maria und Konrad, meiner Frau Gisela und ich, erhielten wir diese besondere Ehre. Schützenkönig war der Bauunternehmer Rudolf Otten, genant Rudi, der Frau Anneliese Koop, geborene Hinsken, zu seiner Königin erkoren hatte. Wegen unserer verwandtschaftlichen Verbindungen zur Throninhaberin durften wir am Fest teilnehmen. Gisela war die Cousine von Anneliese, also eine weitläufigere Blutsverbindung, obwohl sie mit der *Majestät* zusammen aufgewachsen war. Für mich, den Vertriebenen aus der Grafschaft Glatz, dem Habenichts, eine etwas unsichere Situation. Noch nie hatte ich einen derartigen Zugang zu den ersten Gesellschaftskreisen unserer Stadt. Nun, ich hatte meine Gisela geheiratet und musste also mit.

Wir fieberten und zitterten dem großen Ereignis entgegen. Meine Frau schien das alles sehr kühl zu verkraften, ich hingegen wurde zunehmend unruhiger. In der Woche vor dem Pfingstfest begannen unsere Vorbereitungen. Langes Ballkleid und Anzug kaufen, die vermeintlich notwendigen Utensilien besorgen, den Schmuck liehen wir uns von Helga Wisniewsky und ich stöhnte, zwar nur innerlich, was das doch alles kosten würde! Unsere Nachbarin Frau Hollmann versprach, auf die Kinder aufzupassen und nachdem wir uns schon am Montagnachmittag aufgebrezelt hatten, fuhren wir mit einer Taxe von Twiehaus gegen 19 Uhr von der Reichenbacher Straße zur Wilhelmshöhe. Die Münsteraner erwarteten uns schon auf der Terrasse des Festlokals. Hier herrschte ein ständiges Kommen und Gehen. Die Damen in langer Abendgarderobe, die Herren in ihren Schützenuniformen, in grünen Jacken und mit grünen Mützen. Einer fiel auf, er trug eine helle Sommerhose, alle anderen schwarze Beinkleider. Ich vermutete, dass er zu wenig Geld hatte, sich eine festliche Schwarze zuzulegen, doch meine liebe Frau meinte, dass er diese sicher nicht anziehen könnte, da er sie am Kommerzabend vollgekotzt habe. Ob richtig oder nicht, wir aber beendeten unsere Beobachtungen und drängten uns mit Maria und Konrad durch die Wartenden in den festlich geschmückten Saal.

Der Raum war voll, lautes Stimmengewirr schlug uns entgegen, bläulich-weiße Rauchschwaden schwebten über den Feiernden, ehrlich, ich dachte an das Fegefeuer. Links und rechts des Einganges standen Kontrolleure, Eintrittskartenabreißer, daneben eine junge, sehr attraktive Dame im Abendkleid. Diese schlank Gewachsene begrüßte uns mit Namen, die auf unseren Ehrenkarten standen und führte uns Vier zu einem reservierten Tisch auf dem erhöhten Teil des Saales. Eine etwas beruhigte Ecke, doch mit einer sehr guten Sicht in das Geschehen. Vor der Theaterbühne des Saales stand eine große Tafel für die Majestäten und ihrem Throngefolge. Dort schien eine tolle, ausgelassene Stimmung zu herrschen. Konrad und ich winkten stehend der Königin zu und wir bildeten uns ein, dass sie uns gesehen hat, denn ein Lächeln überzog ihr Gesicht.

Es war laut, sehr laut im Raum, in der linken Ecke vom Thron aus gesehen hatten die Musikanten vom nachmittäglichem Stadtmarsch ihre Plätze, rechts vom Königspaar spielte eine mittelgroße Tanzkapelle. Die Spieler lösten sich ab, von links erklangen Schützenlieder, wie *Grün ist die Heide, die Heide ist Grün* oder *Sah ein Knab ein Röslein steh'n,* die Rechten spielten schwungvolle Tanzmusik, Walzer, Polka, Tango und später dann auch einmal einen Foxtrott. Es war wirklich ein Heidenlärm in der Bude, machten die Marschkapelle oder die Tanzband einmal eine kurze Pause, brüllte meist eine Gruppe der Festteilnehmer mit gewaltigem Getöse ihr *Hussa, Hussa, Hussassassa* und einmal plärrte eine bierselige Stimme zusätzlich *Horridoh, Horridoh* und noch einmal, leiser werdend, das dritte *Horridoh* in die Gegend.

Zwischen dem Lärm, den Rauchschwaden der Zigaretten und Zigarren, zwischen dem Schweiß und dem Geruch der Feiernden eilten Kellner und Kellnerinnen beladen mit Tabletts voller Getränke oder nur mit voll geschriebenen Auftragszetteln hin und her. Hier war echt was los!

An unserem Tisch hatte Frau Maria ein etwas mokantes Gesicht aufgesetzt, sie war als feine Dame in unserer Verwandtschaft bekannt. In einer musikalischen Pause, für einen kurzen Moment konnte man sich unterhalten, sprach sie zu meiner Frau:
"Was für ein Volk!"
Gisela zog daraufhin pflichtmäßig eine Grimasse, Konrad aber hob das Glas mit Moselwein, den wir nach langer Warterei endlich erkalten hatte, und sagte nur:
"Prost!"

Ich Doofmann hatte einen großen Schluck, so wie ein durstiger Biertrinker, genommen und bekam prompt einen Hustenanfall. Unsere beiden Damen, sie nippten nur an ihren Gläsern, verzogen ihre süßen Mündchen und fast gleichzeitig stellten sie fest:
"Der ist aber sauer!"
Natürlich sprachen sie vom Wein, nicht von mir. Im Saal drehten sich die Paare im Walzerschritt. Dicht an dicht walzte die Menge rund um die in der Mitte frei gelassene Fläche. Wir, von unserem Tisch, sahen nur zu. Konrad und ich hatten die Moselflasche schnell geleert, der Ober brachte eine Neue und für die Damen jeweils einen Likör. Inzwischen schmeckte uns Männern der Wein und wir kamen langsam in Stimmung. Sie spielten *Ich tanze mit dir in den Himmel,* als in unserer Nähe ein Pärchen vorbei schwebte. Er war nicht groß, trug ein kleines Bierbäuchlein, vielleicht so um 60 Jahre alt. Sie höchstens Dreißig, schlank und rank in einem zartblauen Etwas, das ihre Bräune durchschimmern ließ. Konrad wurde unruhig, beugte sich zu mir, sprach mich an, eine Frage, ich verstand kein Wort, zuckte nur bedauernd mit den Achseln. In der nächsten Musikpause kamen seine Worte laut und deutlich:
"Wer war das Pärchen mit dem zarten Kleidchen?"
Gisela antwortete;
"Der bekannteste Bauunternehmer aus Lingen mit seiner neuen Freundin!"
"Donnerwetter, wo hat der nur dieses Püppchen her? Ist ja super, hast du dir mal das Kleidchen angesehen? Nur ein Knöpfchen hält oben am Hals das blaue Etwas zusammen! Mein Lieber, das möchte ich einmal aufmachen! Einfach toll!", dabei schnalzte er mit der Zunge und sah mich an.
"Soll ich die Dame mal zum Tanz auffordern, was meinst du?"
"Da würde ich erst meine Frau fragen!", war meine Antwort, "und außerdem natürlich auch den Herrn Bauunternehmer und dann, ja dann, hätte sie das Kleidchen immer noch an!"

Jetzt brachte der Ober die dritte Flasche Wein, die Damen bekamen jeweils einen Eierlikör, "vom Thron", wie der Kellner versicherte.

"Denn mal Proooost!", Konrad hob das Glas, die Damen nippten nur und ich nahm anstandshalber einen guten Schluck. Der Münsteraner goss gleich nach, trank schnell mehrere Gläser hintereinander leer, begann immer wieder von dem blauen Fummel und dessen Trägerin zu schwärmen. Seine Frau Maria wurde ungehalten, plötzlich, in einer Musikpause, schnauzte sie ihn an:
"Es reicht! Konradus, hör auf mit dem Quatsch! Benimm Dich!"
Der Herr Regierungsdirektor kuschte, kniff seinen Mund zu, dann stülpte er den nächsten Moselwein hinunter.
"Herr Ober, noch eine Pulle!", war seine Bestellung.
Die feine Maria säuerte weiter ein, beide Damen tuschelten, plötzlich stand Konrad auf;
"Ich muss mal" und "wo ist das?", sprach er zu mir.
"Unten, Treppe runter, gerade aus, dann siehst du es schon!", dabei zeigte ich mit dem rechten Daumen nach unten, er verstand und entschwand, eben nach unten. Die Kapellen spielten nun fleißig, rucki, zucki, ohne Pause, meine Gisela lehnte ab, als ich sie zu einem Marschwalzer aufforderte, Maria auch, sie meinten, es sei viel schlimmer als im Nudeltopf, dort zwischen den ganzen Paaren. Gisela sagte mir in einer kurzen Pause, die Tänzer standen auf dem Parkett und warteten auf den nächsten Teil der Darbietung:
"Wir gehen auch gleich, ist schon fast Mitternacht und Konrad kann nicht mehr!"

Inzwischen war eine halbe Stunde vergangen. Unser Herr aus Münster war noch immer nicht zurück. Seine Frau forderte mich auf, nach ihm zu sehen, denn es kann ihm ja auch schlecht geworden sein! Also ging ich auch zu diesem Niedergang, auf dem eine

Prozession von Männlein und Weiblein hoch und runter lief. Einige Damen trugen ihre langen Röcke grazil mit Fingerspitzen, so, dass sie die Treppe begehen konnten. Ein Herr kam mir mit offener Hose entgegen. Es herrschte eiliges Gedränge und es war kaum zum Durchkommen. Endlich war ich da! An den Becken standen Männer und entleerten sich. Es stank unangenehm nach Urin, in einer Ecke göbelte ein jüngerer Herr in ein Porzellanbecken. Er stöhnte, ihm war sicherlich sehr, sehr schlecht. Gleich hinter der Eingangstür fand ich Konrad. Er stand vor einem Automaten, hielt sich mit beiden Händen an der Maschine fest, er wankte leicht, nach vorn und wieder zurück.
"Was machst du denn hier?", war meine Frage.
"Ich warte auf das Fläschchen, hab fünfzig Pfennig eingeworfen, will mich frisch machen!"
Jetzt sah ich es:

KÖLNISCH WASSER 4711 für Ihre Frische!

"Steh schon lange hier!"
Er beschwerte sich. Ich guckte ihn an.
"Ist denn nichts passiert? Ist denn etwas gekommen?" Doofe Frage von mir.
"Na ja, vorhin hat es einmal *Puff* gemacht, mehr war nicht und ich warte noch immer auf mein Kölnisch Wasser! 50 Pfennig, eine halbe Mark!"
"Mein lieber Herr, das war es! Die fünfzig Pfennig hast du schon lange auf deinem Jackett! Komm jetzt!"
Mühsam zog ich ihn hinter der Tür vor, ließ seine Hand nicht mehr los, durch das Gewühl der Treppe nach oben bis zu unserem Tisch. Beide Damen lachten, als ich das kleine Unglück schilderte, Maria ordnete an:
"Wir gehen!"

Er meckerte, "jetzt schon und ich will noch tanzen, mit der schönen Blauen," er war sauer. Maria winkte der Bedienung:
"Zahlen!"

Nun beeilte sich ihr lieber Mann, schluckte noch den Rest des Weines, murmelte Unverständliches, ließ sich aber dann von seiner Frau wie ein Tanzbär abführen. Vor der *Wilhelmshöhe* fanden wir ein Taxi.

Originale unserer Stadt
Gärtner Heinz Pinnemann - Bürgermeister Robert Koop

Jede Stadt, jeder Ort hat seine Originale, fast ausnahmslos sind es Männer, alte, gereifte, gestandene, vom Leben gefestigte Persönlichkeiten. Immer wieder wachsen sie nach, gehen den unterschiedlichsten Arbeiten und Berufen nach, leben unter uns. Sicherlich sind Ihnen, lieber Leser, Einige bekannt, obwohl in jüngster Zeit der Eindruck entsteht, dass dese Art weniger wird. Zwei Herren habe ich ausgewählt, weil ich von ihnen auf Grund meines Wissens berichten kann.

Gärtner Heinz Pinnemann

Bevor er zurück nach Lingen kam, wohnte er mit seinen Angehörigen im Ruhrgebiet. Sein Vater hatte ihm ein Grundstück an der Schwedenschanze mit einem kleinen, roten Backsteinhaus zurück gelassen.

Herr Pinnemann betrieb in der *Thüringer Straße*, in der Nähe unserer Wohnung, *Tecklenburger Straße*, eine Gärtnerei. Der Mann war mittelgroß, vielleicht um die 170 Zentimeter, schlank, rauchte Pfeife, hatte kleine Lachfältchen um die Augen und stand meist in grünen Gummistiefeln und einer grünen Schürze in seinem Blumenladen. Als er einmal im Sommer bei heißem Wetter unter seiner Schütze noch grüne Shorts spazieren führte, sprachen die Nachbarn nur noch vom *Composto-Männchen*. Sah er uns, so grüßte er und lächelte. Er hatte ein rundes Gesicht, trug einen dunklen Schnauzbart und hatte ebensolche dunklen Haare.

Heinz Pinnemann war ein Mensch weniger Worte. Eine Zeitlang beschäftigte er eine junge Floristin, die den Kundendienst selbstständig und allein erledigte. Der Chef motivierte die Kunden mit Marketingsprüchen auf drei schwarzen Tafeln. Wechselnde Informationen auf einem Straßenstopper priesen in der Regel jahreszeitliche Angebote an. Wir lasen:

Frühlingszeit:
Es ist Zeit zu pflanzen, die Sonne steht schon hoch am Himmel,
jetzt im Frühling, Stiefmütterchen, Maiglöckchen, Primel, alles da!

Im Sommer:
Gemüse frisch auf den Tisch, zum Fleisch und Fisch,
Möhrchen, Bohnen, Salat, Tomaten, Gurken billig, aber gut!

Im Ladenlokal stellte Heinz neben einer Schelle den Spruch auf:
Bin im Freigelände - Bitte klingeln - Komme sofort!

Einmal, ich denke, es war im September, besuchte ich den Gärtnermeister im Freigelände. Viel Platz war für uns Zwei nicht, denn Astern und andere Herbstblumen nahmen die wenigen Quadratmeter in Anspruch.

Bei dieser Gelegenheit fragte Herr Pinnemann, ab ich Ölgemälde fotografieren könnte. Ich sagte ja und schon am nächsten Tag schleppte er seinen Besitz in unseren Garten und so steht das Ölgemälde nun auf der folgenden Seite.

Herbst auf dem Dortmund-Ems-Kanal im Jahr 1946
Leihgabe Frau Pinnemann

Altes Heuerhaus im Schnee

Robert Koop
Bäckermeister und
Bürgermeister von 15. November 1951 bis 25. Oktober 1968

Wer kannte ihn nicht, den Herrn Bürgermeister unserer Stadt?! Er war klein, keine 1,70 groß, schlank, fast ohne Bauchansatz, immer schwarz gekleidet, auch mit schwarzem Hut, immer eine Zigarre zwischen den Lippen. Er war ruhig, humorvoll, sehr beherrscht, aber umso zielstrebiger und kam politisch aus der christlichen Zentrums-Bewegung. Nach dem verheerenden Krieg nannte sie sich *CDU*, also Christlich-Demokratische-Union. Herr Koop war vermutlich schon im Herbst 1945 Mitbegründer dieser Partei in unserer Stadt. Seine besondere Begabung war der Ausgleich gegensätzlicher Überzeugungen, auch war er sehr fleißig. Erfolgreich führte er mit Gesellen und Lehrlingen an der *Bauerntanzstraße* ab drei, vier Uhr in der Nacht seine Backstube. Johanna, seine Frau, stand im Geschäft und schon um sechs Uhr konnte man frische Brötchen kaufen.

In den fünfziger Jahren des vergangenen Jahrhunderts übernahm der Sohn Bernhard, genannt Berni, als Konditormeister den Handwerksbetrieb seines Vaters. Robert widmete sich von dieser Zeit an voll der Politik und verschiedener ihm angetragener Ehrenämter. Vom politischen Gegner, der SPD, wurde er wegen seiner mühsamen Reden oft verspottet, doch nachdem er nur noch von vorbereiteten Zetteln ablas, verstummten derlei Frotzeleien. Politisch war seine größte Enttäuschung der Besuch einer Delegation aus der "so genannten Deutschen Demokratischen Republik" aus Pritzwalk, dem heutigen Brandenburg, im Mai 1960.

In dieser Zeit des *kalten Krieges,* fünf Jahre nach dem Bau der Mauer in Berlin, der Trennung von Ost und West durch den Grenzwall der *Zonengrenze*, war die politische Verunsicherung in der westlichen Bundesrepublik groß. Zumal DDR-Soldaten zahlreiche flüchtende Bürger des kommunistischen Bauern- und Bürgerstaates daran hinderten, die BRD zu erreichen, denn sie erschossen einfach ihre Landsleute. Kontakte zur "*sowjetisch besetzten Zone*", zu unseren deutschen Brüdern im Osten, sollten erhalten und sogar vertieft werden, allerdings unter der Auflage, keine Agitation oder Spionage zuzulassen. Irgendwie ein politischer Spagat.

Das Nachrichtenmagazin "Der Spiegel", inzwischen im Internet zu finden, informierte in seiner Ausgabe 22/1960 unter der Überschrift:

Kontakt-Störung

Der christdemokratische Bürgermeister der Kreisstadt Lingen *im Emsland,* Robert Koop*, musste kürzlich die schmerzliche Erfahrung machen und so weiter...*
Was war passiert? Koop empfing die angekündigte Delegation der "Volksvertreter" aus der DDR. Gemäß einem Erlass des Ministers des Inneren von Niedersachsen bestanden *keine Bedenken ... solche Besuche können dazu beitragen, dass einer weiteren Entfremdung der Deutschen ... entgegen gewirkt wird.*

Koop handelte also korrekt, als er die Herren empfing und mit ihnen eine Besichtigungsfahrt im Dienstwagen, dem stadteigenen Mercedes, durch Lingen, einschließlich dem Besuch verschiedener örtlichen Unternehmen organisierte. Dieser Arbeitsbesuch wurde unterbrochen, da die Lingener Polizei einer Anzeige wegen Spionage nachging und die Herren aus dem Land hinter dem *Eisernem Vorhang* festnahm.

Der Spiegel schrieb: "Vor dem Polizeigebäude verabschiedete sich Koop mit Handschlag von seinen mitteldeutschen Mitfahrern. *'(Es) standen vier Lingener Bürger da, die mich auf das gemeinste beschimpften',* berichtete er später in einer öffentlichen Ratssitzung. *'Ich nenne auch die Namen; Forstmeister von Klitzing, Herr Begger, Graf von Galen und Herr Henrichs.'* Aus dem Kreis dieser

Honoratioren erscholl dann auch die Aufforderung an einen Pressevertreter: *'Halten Sie das im Bilde fest, wie er den Lumpen auch noch die Hand gibt, damit die Bevölkerung sieht: Das ist unser Bürgermeister!'"*

Heinrich Kuhr, der Kreisvorsitzende der CDU, forderte sogar den sofortigen Rücktritt seines Parteikollegen. Robert Koop aber bemerkte "Ich bin durch die Sache fünf Jahre älter geworden". Seine Stadtratsfraktion verzieh ihm, ihr genügte sein öffentliches Bekenntnis: "Wenn ich die politische Tragweite hätte übersehen können, würde ich selbstverständlich den Empfang und die Führung der SED-Funktionäre unterlassen haben."

Robert Koop war bis 1968 Bürgermeister, lebte danach als Pensionär. 1975 verstarb seine Frau Johanna. Sein Leben als Witwer ist voller Anekdoten. Die Bürger der Stadt sahen ihn fast täglich schon am frühen Morgen in den *Bögen*, am *Dortmund-Ems-Kanal* oder über den *Alten Friedhof* laufen. *Peter*, der schwarze Pudel seiner Enkelin Annegret, war immer dabei,

Alte Leute sind wunderlich, sagen die Lingener und das traf auch auf ihn zu. Als die Todesanzeige eines alten Parteifreundes in der *Lingener Tagespost* stand, bemerkte er zu seiner Schwiegertochter Anneliese:
"Der ist ja auch schon 79 Jahre alt!"
Er selbst war damals 81!

Am frühen Morgen eines Junitages beobachtete er eine Umbettung auf dem Alten Friedhof, sein Kommentar war:
"Der arme Kerl ist schon vor fünf Jahren verstorben, aber sein schwarzer Anzug sah noch sehr gut aus, diesen kann man gut und gern weiter tragen,"

Bis in sein hohes Alter rauchte Opa Koop seine Zigarren und trank so manches Schnäpschen. Gisela, meine Frau, stand eines Tages

bei Korbach, dem Gemüse- und Obsthändler im Laden um einzukaufen. Das Geschäft war voll und sie musste warten. Plötzlich schlug ihr jemand auf die Schulter, es war Willi Roberz, ein Kumpel des alten Herrn:
"Komm schnell, Robert stirbt!"
Sie rannte, es war nicht weit, im Haus von Koop die Treppe hoch, rein in das Wohnzimmer, dichter Tabaksqualm schlug ihr entgegen. Die Fenster waren alle zu, sie riss ein, zwei davon auf, jetzt sah sie den alten Herrn. Er lag in einem Sessel, grau im Gesicht, röchelte, schien schon bewusstlos zu sein, da bewegte er sich:
"Mach die Fenster zu, es zieht!"

Eine Darstellung um das Jahr 2000

Die Stadt Lingen (Ems)

Unweit der Niederlande liegt die Stadt Lingen im Nord-Westen der Bundesrepublik Deutschland am Fluss Ems. Im heutigen Regierungsbezirk Weser-Ems des Bundeslandes Niedersachsen ist diese *große selbstständige Stadt* der Mittelpunkt des südlichen Teiles des Landkreises Emsland.

Inmitten ehemaliger Moorgebiete wurde die Besiedlung auf einem Geestrücken, der rechtsseitig an die Ems heranreicht und dessen Fortsetzung auf der anderen Seite weiter nach Westen verläuft, ermöglicht. Die natürlichen Übergangs- und Furtmöglichkeiten des Niederungsflusses in seinem mittleren Lauf, südlich des von Osten einfließenden Mühlenbaches, waren für die Ortsgründung ebenfalls von Bedeutung.

Verschiedene Auslegungen versuchen eine Erklärung des Namens Lingen. So wird *Liinga*, später *Linge*, von *lìn*, dies bedeutet Lein oder Flachs, hergeleitet. Auch *linge, linke* im Sinn für Kanal, besser noch für Wasserlauf, besitzt eine gewisse Glaubwürdigkeit. Weitere Überlegungen führen das Wort auf *liuna*, eine Bezeichnung für Brücke oder Überfahrt, aber auch auf *linge*, dem hier die Bedeutung von länglicher Landzunge oder aber als Bezeichnung für einen schmalen, langen Wasserweg zugedacht wird, zurück.

1975 feierte die Bevölkerung das *Fest der Tausend Jahre.* Kaiser Otto II in Boppard am Rhein gab im Jahr 975 dem Bischof Liudolf zu Osnabrück einige Höfe zurück, die dieser selbst dem Kaiser früher übereignet hatte. Urkundlich wurde diese Übertragung durch die Aufnahme des Wortes *Liinga* dokumentiert. Obwohl die Historiker erhebliche Bedenken bei der Zuordnung dieser Bezeichnung auf die heutige Stadt nicht verschweigen, ist die erwähnte Urkunde zum geschichtlichen Eckpunkt der Gründung der Ansiedlung geworden.

Über viele Jahrhunderte wurde Lingen von seinen Bürgersöhnen geschützt. Die Stadtgeschichte erwähnt sie bereits 1372. Sie kämpften innerhalb der Festung zusammen mit fremden Truppen gegen übermächtige Feinde, überstanden Belagerungen und schützten die Bürgerhäuser vor Brand. Sie leisteten ihren aufopfernden Dienst bis zum Ende des Dreißigjährigen Krieges. Danach bildete sich die interessante Tradition der Kivelinge, Civis Lingensis. Alle drei Jahre wird ihr Fest gefeiert und ein neues Königspaar ermittelt. Dieser Brauch kann bis auf das Jahr 1581 zurückverfolgt werden.

Zu Beginn des dritten Jahrtausends nach Christi hat die Stadtsiedlung eine Fläche von 176 km^2 erreicht. Nur knapp 60.000 Einwohner nutzen dieses sehr große Gebiet.

Außerhalb der Innenstadt von Lingen stehen in großen, gepflegten Gärten schöne Eigenheime. Neue, nach dem Zweiten Weltkrieg entstandene Stadtteile wie Pumpenkolk, Gauerbach, Heukampstannen und Heuberge haben sich über weite Flächen ausgedehnt. Nach der Verwaltungsreform von 1974 wurden die Orte Bramsche, Baccum, Altenlingen, Brögbern, Holthausen-Biene, Clusorth-Bramhar, Laxten, Darme und Schepsdorf eingemeindet.

Von den Industrieunternehmen nördlich, östlich und südlich des Stadtkernes flossen erhebliche Gewerbesteuerbeträge der Stadtkämmerei zu. Eine geschickte Ansiedlungspolitik für neue Arbeitsplätze steigerte nach 1974 weiterhin die Steuereinnahmen.

Große Flächen, besonders in Bramsche, Baccum, Brögbern, Clusorth-Bramhar, aber auch in Holthausen-Biene, werden von der Landwirtschaft genutzt. Felder, Wiesen, Wälder, parkartige Auenlandschaften, natürliche und künstliche Wasserläufe prägen gemeinsam mit dem Stadtkern diesen Lebensraum. Am Kreuzungspunkt uralter Verbindungswege gelegen, wurde in Lingen jederzeit erfolgreich Handel betrieben. Einst führte vom Osten kommend die *Flämische Straße* über die Ems nach Westen, während die *Friesische Straße* dem Flusslauf folgend von rheinisch-westfälischen Gebieten an der Nordseeküste endete. Diese Warenverkehrswege wurden durch die im Mittelalter fast immer schiffbare Ems vervollständigt. Durch den Dortmund-Ems-Kanal, die Eisenbahnlinie von Rheine nach Emden und die neue Autobahn besitzt Lingen seine überregionale Bedeutung mit einer besonderen Ausstrahlung zu den Niederlanden. Die erfolgte Neugestaltung der Innenstadt mit gelungener Einbindung historischer Gebäude, das vermehrte Angebot kultureller Ereignisse in neuen und alten Räumlichkeiten, die Erweiterung der Freizeitmöglichkeiten, neben der Erschließung der touristischen Infrastruktur sowie die Ansiedlung neuer Industriebetriebe und Handelsunternehmen brachten der Stadt ihren Aufschwung.

Joachim Berke

Geboren am 18.11.1930 in Bad Landeck/Niederschlesien. Aufgewachsen von 1932 bis 1941 in Glatz/Schlesien, danach wieder in Bad Landeck wohnhaft. Besuchte das altsprachliche Gymnasium in Glatz. Zu Ostern im Jahr 1946 nach Ostfriesland vertrieben.
Drogistenlehre ab 1949 in Lingen (Ems). Danach innerhalb eines Familienunternehmen Aufbau eines Fotogroßlabors. Fast 45 Jahre Tätigkeit als Prokurist in den Fachbereichen Fertigung, Organisation, Logistik und Umwelt.

Seit 1993 im Ruhestand.
Berke ist verheiratet mit Frau Gisela, geborene van Kampen.
Zwei Kinder, Sohn Stephanus und Tochter Claudia, wurden 1957 und 1960 geboren.

Der Autor fotografierte in zahlreichen Ländern auf mehreren Kontinenten und veröffentlichte Erzählungen, Fachliteratur, Bildbände und Bildberichte.

Werke:
Fotografieren vom Pol bis zum Äquator, Düsseldorf 1980
Das Emsland im Bild, Ein Bildband, Münster 1983
Im Zauber des Skorpion, Reiseerzählungen, Norderstedt 2002
Die Krokodillederstiefel, *27 Geschichten,* Norderstedt 2005
Heimreise in die schlesische Grafschaft Glatz, *Norderst. 2007*
Im Biener Busch, *Erzählungen, Norderstedt 2008*
Erinnerungen an Glatz, *Nacherzählung, Norderstedt 2008*
Lingen im Bild, *Ein Bildband, Werlte 2009*

Geschichten aus dem alten Schlesien*, Nacherzählungen, Norderstedt 2009*

Erinnerungen an Bad Landeck, *Sammelband, Werle 2009*

Tagebuch eines Menetekels, Tschernobyl,
Tatsachenbericht, Norderstedt 2010

Heimatlos in der Fremde, *ein Zeitzeugnis, Norderstedt 2010*

Reisen auf den alten Seidenstrassen, Afghanistan-Pakistan*, Norderstedt 2011*

Herausgeber:
Nachdruck Jahrbücher *Guda Obend-Grofchoftersch Feierobend*
Außerdem mehrere fotografische Bilderserien
Fotos:
Katalog *Das Schlossmuseum zu Jever*, Oldenburg 1997
Katalog *Walter Zacharias* - Malerei, Collagen, Objekte - Regensburg 1999
Abbildungen in zahlreichen Büchern, Prospekten, anderen Publikationen und im Internet unter
www.foto-gisela.de und *www.berke-online.de*
Zusammenarbeit mit einer Medienagentur.

Texte: Fachzeitschriften, Kurzgeschichten im Internet und Dienstleistungsverlagen.
Veröffentlicht: Mehrmals in der Tageszeitung
Lingener Tagespost und im *Intenet.*
Lesungen: Terminvereinbarung über Telefon 0591-63 601

Bildnachweis:

Titelbild Buchcover Kunsthandlung Blanke, Lingen, Burgstrasse
Seite 111, Leihgabe Frau Marlene Pinnemann
Alle anderen Fotografien Joachim Berke, Lingen (Ems)